DEM GREG SI

TAGEBOCH

Vun Verdötschte ömzingelt!

Ene Comic-Roman

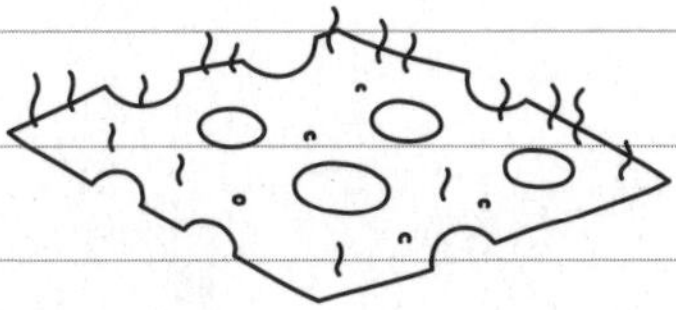

USSERDÄM VUM JEFF KINNEY ERSCHIENE:

Gregs Tagebuch – Von Idioten umzingelt!

Gregs Tagebuch^2 – Gibt's Probleme?

Gregs Tagebuch^3 – Jetzt reicht's!

Gregs Tagebuch^4 – Ich war's nicht!

Gregs Tagebuch^5 – Geht's noch?

Gregs Tagebuch^6 – Keine Panik!

Gregs Tagebuch^7 – Dumm gelaufen!

Gregs Tagebuch^8 – Echt übel!

Gregs Tagebuch^9 – Böse Falle!

Gregs Tagebuch^{10} – So ein Mist!

Gregs Tagebuch^{11} – Alles Käse!

Gregs Filmtagebuch – Endlich berühmt!

Gregs Tagebuch – Mach's wie Greg!

Jeff Kinney

DEM GREG SI TAGEBOCH

Vun Verdötschte ömzingelt!

Usem Englische
vum Collin McMahan
en et Kölsche
vum Alice Herrwegen

Baumhaus Verlag

MIX
Papier aus verantwortungsvollen Quellen
FSC® C014496
www.fsc.org

Dieser Titel ist auch als E-Book erschienen.

ISBN 978-3-8339-3655-5

Die englischsprachige Originalausgabe erschien 2007 unter dem Titel
»Diary of a Wimpy Kid« bei Amulet Books,
einem Imprint von Harry N. Abrams, Inc., New York

Text und Illustrationen: Jeff Kinney
Original-Buchdesign: Jeff Kinney

Redaktion: Anja Girmscheid
Layout und Typografie: Helmut Schaffer
in Anlehnung an das amerikanische Original
Covergestaltung: Tanja Østlyngen unter Verwendung
einer Illustration von Jeff Kinney
Druck und Bindung: GGP Media GmbH, Pößneck

Sie finden uns im Internet unter www.baumhaus-verlag.de
Bitte beachten Sie auch www.luebbe.de und www.gregstagebuch.de

2 4 6 8 7 5 3 1

FÖR DE MAMM, DER PAPP, DER RE,
DER SCOTT UN DER PATRICK

Dinsdag

Zoeesch well ich ens jet klorstelle: Dat sin ming Memoire, dat es KEI Tageboch. Ich weiß, om Ömschlag steiht jet anderes, ävver wie ming Mamm dat Dinge besorg hät, han ich ehr EXTRA gesaht, nix zo kaufe, wo „Tageboch" drop steiht.

Jo super. Wann mich irgendeiner met däm Boch en der Hand kasch, weiß ich genau, wat mer blöht.

Un dann well ich noch jet klorstelle: Die Idee wor vun minger MUTTER, nit vun mir.

Wann se gläuv, dat ich hee ming „Geföhle" oder esu ene Käu erenschrieve, hät se sich nevven der Emmer gesatz. Alsu vergesst et met „Leev Tageboch" dit un „Leev Tageboch" dat.

Ich maache dat all üvverhaup bloß deswäge, weil ich späder, wann ich Nüsele han un beröhmp ben, secher jet Besseres zo dun han, wie der ganzen Dag Antwood op duselige Froge zo gevve. Dann weede ming Memoire secher ärg nötzlich sin.

Wie gesaht, eines Dags ben ich rich un beröhmp, ävver em Augebleck ben ich vun Verdötschte ömzingelt.

Ich well hee bloß ens gesaht han, dat de Junior Highschool de blödste Idee es, op die jemols einer gekummen es. Do schmieß mer Pänz wie mich, fresch us der Grundschull, met esu en Gorillas zosamme, die sich zweimol am Dag rasiere müsse.

Un dann sin se sich all am Wundere, dat et esu vill Kamesölereie gitt.

Wann et mir noh ging, dät mer de Klassestufe noh der Größe zotiere, nit nohm Alder. Ävver dann wöre Fetze wie der Mike Lerner secher immer noch en der eeschte Stuf.

Hügg es der eeschte Schulldag un mer sin drop am Waade, dat der Lehrer de Setzoodnung fassläht. Alsu daach ich mer, kann ich esu lang jet hee en dat Boch schrieve, dat et mer nit langwielig weed.

Üvvrigens, kleine Tipp vun mir: Am eeschte Schulldag muss mer fies oppasse, wo mer zo setze kütt. Do geihs en de Klass, schmieß di Zeug op irgendene Desch un et nächste, wat de höös, es, wie dinge Lehrer säht ...

Do soß ich alsu jetz, der Chris Meyers vür mer un der Lionel James hinger mer.

Der Jason Brill es zo späd gekumme un hätt sich baal nevve mich gesatz, ävver dat kunnt ich grad noch beizigge verhindere.

En der nächste Stund setz' ich mich villleich einfach zweschen e paar Schöss, wann ich en de Klass kumme. Ävver dat dät bloß bewiese, dat ich zick letz Johr nix dobeigeliert han.

Dress, ich han ech KEIN AHNUNG, wat hügg-zodags met de Mädcher loss es. Fröher, en der Grundschull, wor alles ganz einfach: Wa' mer en singer Klass et flöcks laufe kunnt, hät mer die ganze Weechter kräge.

Em Fünfte wor der Ronnie McCoy et flöcks.

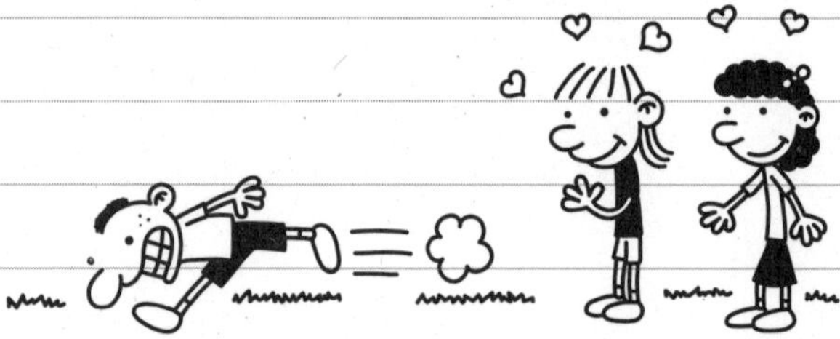

Hügg es alles vill komplizeeter gewoode. Jetz muss mer de richtige Pluute aanhan oder ene Haufe Nüsele han ov e lecker Föttche oder su jet. Un Junge wie der Ronnie McCoy kratze sich der Kopp un froge sich, wat zom Düüvel passeet es.

Am beste geledde en minger Klass es der Bruce Anderson, wo ich ech en Aap drüvver krige künnt, weil ich mich ald IMMER för Mädcher intresseet han, ävver Type wie der Bruce sin eesch en de letzte Johre dropgekumme.

Ich weiß noch ganz genau, wie der Bruce en der Grundschull drop wor.

Ävver meint ehr, dat dät mer einer huh aanrechne? Dress am Schoh.

Wie gesaht, der Bruce es am beste geledde en unser Klass. Dat bedügg, dat mir ander Junge bloß noch öm de bellige Plätz strigge künne.

Noh minger Berechnung ben ich esu der 52ste oder 53ste bess geledde Poosch dis Johr. De god Nach-rich: Baal röcken ich eine op, dann der Charlie Davies es direk vür mer un dä kritt nächste Woch sing Zahnspang.

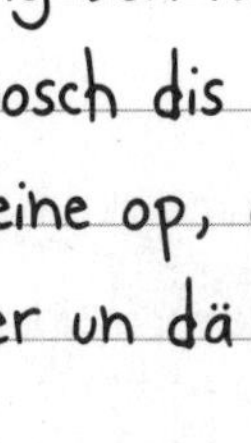

Ich versöke immer widder, mingem Fründ Rupert dä ganze Highschool-Beliebheits-Weddbewerb usenanderzoposementiere, ävver hä begrief et einfach nit. Ich gläuve, dä es op Platz 150 oder esu.

Meddwoch

Hügg hatte mer Sport. Als Eeschtes han ich mich dröm nohm Basketballplatz geschleche, för nohzoluure, ov dä Stinkkis noch do wor. Ja jo, wor e noch do!

Dä Stinkkis kläv ald zick letztem Fröhjohr om Asphalt. Hä es schings einem us der Pause-botteramm gefalle. Noh e paar Dag woodt e ganz schimmelig un ranzig. Un keiner wollt mih do Basketball spille, wann et och der einzige Korv met Netz wor.

Eines Dags wor esu ene Typ namens Dennis Walsh mem Finger an dä Stinkkis gekumme. Un do fing die Saach met däm Kisfinger aan. Dä Kisfinger es esu jet wie Lepra. Der einzige Wäg, dä Kis-finger quitt zo weede, es, en an ene andere wigger-zogevve.

Gäge dä Kisfinger hilf bloß Duumehalde.

Et es ävver gar nit esu leich, der ganzen Dag de Duume zo halde. Schleeßlich han ich de Ming met Tesafilm fassgekläv, dat se gehalde blevve. Et Eng vum Leed wor, dat ich en Vier en Schönschreff kräge han, ävver dat wor et mer wäät.

Em Aprel hät ene Jung namens Alf Hall dä Kisfinger kräge un der Ress vum Schulljohr sin se im all usem Wäg gegange. Em Sommer es der Alf noh Kalifornie getrocke un hät dä Stinkfinger metgenomme.

Ich hoffe nor, dat nit irgendeiner met däm Kisfinger aanfängk. Su vill Stress kann ich nit verdrage.

Donnersdag

Et fällt mer fies schwer, mich dran zo gewenne, dat de Sommerferie vörbei sin un ich jede Morge opstonn un noh der Schull gonn muss.

Mingem große Broder Rodrick han ich et zo verdanke, dat de Sommerferie ävver och nit esu god aangefange han.

Am drette ov vierte Dag vun de Ferie hät der Rodrick mich nämlich medden en der Naach wach gemaht un mer verzallt, ich hätt de ganze Ferie verschlofe. Zom Glöck wör ich pünklich zom eeschte Schulldag widder wach gewoode.

Jetz dot ehr mich secher för ärg betitsch halde, op esu ene Trick erenzofalle. Ävver der Rodrick hatt sich sing Schullsaache aangetrocke un minge Wecker verstallt, dat et esu ussoch wie sibbe Uhr morgens. Un hä hatt de Vürhäng zogetrocke, dat ich nit sinn kunnt, dat et drusse noch düster wor.

Nohdäm der Rodrick mich wach gemaht hatt, ben ich alsu erav för zo fröhstöcke – wie an jedem ander Schulldag och.

Ävver ich muss ärg vill Radau gemaht han, dann ih dat ich mich versoh, es minge Papp eravgekumme un hät mich aangebröllt, woför ich dann usgerechent öm 3 Uhr des Naachs Cornflakes esse mööt.

Ich han eesch noh ener Minutt gemerk, wat loss wor.

Dann han ich dem Papp klor gemaht, dat der Rodrick mich för der Jeck gehalde hät un dat hä esu god sin sollt un IN aanblöke.

Alsu dät der Papp en der Keller marschiere, för däm Rodrick der Möpp zo schüüre. Ich hingerdren. Dat wollt ich op keine Fall verpasse.

Ävver der Rodrick hät alle Indizie, die op in hinwiese künnte, zemlich god verstoche. Ich gläuv', minge Vatter denk immer noch, ich hätt en Ääz am Wandere.

Friedag

Hügg woodte mer en der Schull en verschiede Lesegruppe opgedeilt.

Se sagen einem nit direk, ov mer jetz en der Begabtegrupp oder en der Fördergrupp gelandt es. Ävver an de Titele vun dä Böcher, die se usdeile, weed dat zemlich flöck klor.

Ich wor ganz schön enttäusch, wie ich erfahre han, dat ich en der Begabtegrupp gelandt ben, dann dat bedügg vill mih Aufgabe.

Wie am Eng vum Schulljohr de Leseprüfunge stattgefunge han, han ich alles dofür gedon, dis Johr en de Fördergrupp zo kumme.

De Mamm es ärg deck Fründ met unsem Direkter. Wahrscheinlich hät se sich engemisch un dofür gesorg, dat ich widder en der Begabtegrupp lande.

De Mamm säht luuter, dat ich e gau Käälche ben, mich ävver bloß nit genog „engagiere".

Ävver wann ich vum Rodrick eins geliert han, dann es et dat, wat andere vun einem erwaade, möglichs klein zo halde. Dann sin se völlig usem Hüüsche, wa' mer üvverhaup irgendjet deit.

Ihrlich gesaht, ben ich enzwesche ganz fruh, dat minge Plan, en de Fördergrupp zo kumme, nit opgegange es.

Ich han gesinn, dat e paar vun dä Der-Binki-säht-Boh-Schüler ehr Boch verkeht eröm gehalde han. Un ich gläuve nit, dat dat ene Wetz wor.

Samsdag

Tja, de eeschte Schullwoch es ald eröm, dröm han ich hügg lang geschlofe.

De mieste ander Pänz stonn et Samsdags fröh op, för Fernseh zo luure oder esu, ävver ich nit. Der einzige Grund, woröm ich am Wocheneng üvverhaup opstonn, es, weil dä Geschmack en der Muul irgendwann esu fies weed.

Ävver leider steiht minge Papp jeden Dag öm 6 Uhr op, EGAL wat för ene Wochendag es un hä hät zemlich winnig Verständnis doför, dat ich minge Samsdag wie jede normale Minsch geneeße well.

Hügg hatt ich nix vür. Dröm ben ich der Rupert besöke gegange.

Der Rupert es EM PRINZIP minge beste Fründ, ävver dat kann sich ganz flöck widder ändere.

Zick dem eeschte Schulldag gonn ich dem Rupert usem Wäg, weil hä jet gemaht hät, wat mich voll generv hät.

Mer wollte noh der letzte Stund uns Saache usem Spind holle, do kom der Rupert bei mich un saht:

Ich han däm Rupert ungefähr ald en Milliarde Mol gesaht, dat mer jetz nit mih en der Grundschull sin un dat mer sich jetz för „Avzohänge" triff un nit för zo „Spille". Ävver egal wie vill Knüüzcher ich im gevve, hä begrief et einfach nit.

Zickdäm ich en der Junior Highschool ben, geeven ich vill mih Aach op mi Image. Ävver der Rupert es dobei ech ene Klotz am Bein.

Ich han der Rupert kennegeliert, wie hä vör e paar Johr heeher getrocke es.

Sing Mutter hät im e Boch gekauf: „Wie mer en ener neu Ömgebung Fründe fingk." Un luuter kom hä met blöd Masche bei mich.

Irgendwie hät e mer wall leid gedon. Dröm han ich mich öm en gekömmert.

Et es ech klasse, dä als Fründ zo han. Vör allem, weil ich an im sämpliche Hanakereie usprobiere kann, die der Roderick vürher an MIR getess hät.

WANN DING HAND GRÖSSER ES WIE DINGE KOPP, HEISS DASS, DAT DO BLÖD BES.
ECH?
SÜHS DE!
PATSCH!
ÄVVER BEN ICH JETZ BLÖD?
TJA ... LOSS NOCH ENS LUURE.

Mondag

Ich han doch verzallt, dat ich am Rupert allerhand Hanakereie usprobeet han. Doför han ich ene kleine Broder namens Manni, bei däm ich esu jet NIE bränge künnt.

De Mamm un der Papp behöde dä Manni, wie wann hä ene Prinz oder esu jet wör. Un hä kritt nie Ärger, selvs wann hä et ech verdeent hät.

Gester hät der Manni mem Edding e Selvsportrait op ming Zemmerdür gemolt. Ich daach, jetz kritt e vun der Mamm un vum Papp endlich ens ene Balg Wachs, ävver am Aasch e Trötche.

Ävver wat mer am mieste op de Nerve geiht, es dä Spetzname, dä hä för mich hät. Wie hä ene Weckelditz wor, kunnt hä dat Wood „Broder" nit usspreche. Deswäge hät e aangefange, mich „Bubi" zo nenne. Un hä nennt mich IMMER NOCH esu, och wann ich der Mamm un dem Papp immer widder sage, se solle et im verbeede.

Zom Glöck han ming Fründe dat noch nit met-kräge, et wor ävver ald e paar Mol noh draan.

Jede Morge muss ich helfe, der Manni för der Kindergaade fäädig zo maache. Un immer wann ich im sing Cornflakes gemaht han, dräht hä die Kump en et Wonnzemmer un setz sich domet op et Pöttche.

Un wann hä dann en der Kindergaade soll, steiht e op un schödd der Ress vun singem Esse en et Pöttche.

De Mamm schängk jedes Mol met mir, wann ich mi Fröhstöck nit opesse. Ävver wann se jede Morge Cornflakes usem Pöttche schrabbe mööt, hätt se bestemmp och keine Apptit mih.

Dinsdag

Han ich eintlich ald verzallt, dat ich SUPER GOD Videospille spille kann? Ich wedde, ich kann jeder en minger Klass em direkte Duell schlage.

Leider weiß minge Papp ming Begabung nit richtig zo schätze. Stattdäm nerv hä mich luuter domet, ich soll erusgonn un jet „Aktives" maache.

Wie minge Papp mich hügg nohm Ovendesse widder domet zogeschwaadt hät, wollt ich im verklöre, dat mer beim Videospille genauesu god Foßball oder Basketball spille kann, un dat, ohne dat et einem dobei total heiß weed oder mer an et Schweißte kütt.

Dat hät dä Papp ävver wie immer nit begreffe.

Minge Papp es eintlich ene zemlich gaue Kääl. Ävver wat der klore Minscheverstand aangeiht, han ich bei im manchmol su ming Zwiefele.

Der Papp dät secher ming Spillkonsol unsenander-nemme, wann e bloß wöss, wie. Zom Glöck maache die die Dingere erwahßesecher.

Immer, wann minge Papp mich usem Huus schmieß, för jet Sportliches zo maache, gonn ich einfach bei der Rupert un spille bei im wigger.

Leider ka' mer beim Rupert bloß Autorenne oder su ene langwielige Dress spille.

Jedes Mol, wann ich e Spill met bei der Rupert bränge, loot däm singe Vatter et eesch op e su ener Elderewebsigg em Internet noh. Un wann en däm Spill bloß e BESSCHE Gewalt dren es, dürfe mer et nit spille.

Langsam fingen ich dat langwielig, mem Rupert Formel 1 zo spille. Hä es nämlich keine echte Zocker wie ich. För der Rupert zo schlage, muss mer singem Wage bloß ene total bestusste Name gevve.

Un wann mer en dann üvverhollt, kritt e sich nit mih en vör Laache.

No jo, nohdäm ich der Rupert för hügg genog fäädig gemaht hatt, ben ich widder op Heim aan. Op däm Wäg ben ich dem Nohber e paarmol durch der Rasesprenger gelaufe, domet ich ganz naaß un verschweiß ussinn. Un et hät geflupp. Der Papp wor ganz begeistert.

Ävver dä Trick es trotzdäm irgendwie noh hinge lossgegange. Wie de Mamm mich nämlich gesinn hatt, moot ich direk unger de Braus.

Meddwoch

Der Papp fung et secher ärg god, dat hä mich gester erusgeworfe hät. Hügg hät hä et nämlich direk widder gedon.

Et geiht mer ech op de Nerve, för de Videospille jedes Mol nohm Rupert gonn zo müsse. Zwesche unsem un dem Rupert singem Huus wonnt su ene komische Jung, der Fregley, dä luuter vör singem Huus erömhängk. Un an däm kütt mer su schlääch vörbei.

Ich han mem Fregley zosamme Sport. Hä hät en eige, erfunge Sproch. Wann hä nohm Höffche muss, säht e för e Beispill:

Mir Pänz wesse mih oder winniger, wat mem Fregley loss es, ävver de Lehrer weede nit esu ganz schlau us im.

Hügg wör ich wahrscheinlich su un esu nohm Rupert gegange, weil minge Broder Rodrick un sing Band bei uns em Keller geprob han.

Dem Rodrick sing Band es wirklich GRUSELIG un ich krige de Begovung, wann ich em Huus ben, wann die spille.

Sing Band heiß „Voll Windel“, ävver op ehrem Bandbus steiht.

Ehr denkt villleich, die maache dat, weil et cooler ussüht, ävver ich gläuve, dä Rodrick hät ech kein Ahnung, wie mer „Voll Windel“ schriev.

Der Papp wor dogäge, dat der Rodrick en Band gründ, ävver de Mamm wor voll doför.

Se hät dem Rodrick jo och si eesch Schlagzeug gekauf.

Ich gläuve, de Mamm stellt sich dat irgendwie su vür, dat mer all e Instrument liere un ein vun dä singende Famillie weede, die mer luuter en der Äugelskess süht.

Der Papp fingk Heavy Metal furchbar, un dat es die Musik, die der Rodrick un sing Band spille. Ich gläuve, för de Mamm es et egal, wat der Rodrick för en Musik spillt, dann för sei es Musik glich Musik. Hügg hät der Rodrick för e Beispill em Wonnzemmer ein vun singe CDs gehoot un wie de Mamm erenkom, fing se op eimol aan zo danze.

Dat hät der Rodrick natörlich total generv, dröm es e en de Stadt gefahre un kom en Veedelstund späder met Kopphürer öm. Domet hatt sich die Saach.

Donnersdag

Gester hät sich der Rodrick en neu Heavy-Metal-CD gekauf met enem Warnhinwies för Eldere.

Ich dorf noch nie en CD met Warnhinwies hüre, weil de Mamm un der Papp et mer nit erlaube, su jet zo kaufe. Alsu woss ich, ich dorf die CD bloß hüre, wann ich se usem Huus schmuggele.

Wie der Rodrick no dise Morge fott wor, han ich der Rupert aangerofe un im gesaht, hä soll singe CD Player met en de Schull bränge.

Dann ben ich en et Zemmer vum Rodrick un han mer die CD usem Regal genomme.

Mer darf keine eige Player met en de Schull nemme, su moote mer bes en de Paus waade. Nohm Schelle han der Rupert un ich uns direk hinger de Schull gefusch un han dem Rodrick sing CD engelaht.

Ävver der Rupert hatt vergesse, Batterie en der CD Player zo dun, un esu wor alles för de Katz.

Dann hatt ich en doll Idee för e Spill: Dä Wetz es, mer deit sich der Kopphürer op der Kopp un waggelt esu lang, bes hä eravfällt, ohne de Häng zo bruche.

Wä vun uns zwei dä Kopphürer et flöcks avschöd-
dele kunnt, hatt gewonne.

Ich han met sibbenehalv Sekunde der Rekord gehalde, ävver et künnt sin, dat sich dobei e paar Plombe gelüs han.

Medden em Spill kom die Milners öm de Eck un hät uns erwisch. Se hät mer der CD Player avgenomme un fing aan uns uszoschänge.

Ävver ich gläuve, die hät dat verkeht verstande, wat mer do hinge am Dun wore. Se wollt uns eine verzälle vun wäge, wat för e „Düüvelszeug" Rockmusik wör un dat uns Geheens dovun demoleet wöödt.

Ich wollt ehr klor maache, dat noch nit ens Batterie en däm CD Player wore, ävver wie et ussoch, wollt se nit ungerbroche weede. Do han ich einfach gewaadt, bes se fäädig wor, un gesaht: „Jo, Madam."

Ävver grad en däm Augebleck, wo die Milners uns wollt gonn looße, fing der Rupert aan zo jöömere, hä wöllt nit, dat Rockmusik si „Geheens" demoleet.

Jung, manchmol mein' ich jo, dä hätt et Schoss erus.

Friedag

Dä, jetz han ich et voll vermaselt.

Gester Ovend, wie se all en der Lappekess wore, ben ich eravgeschleche för mer dem Rodrick sing CD op der Stereoaanlag em Wonnzemmer aanzohüre.

Ich han dem Rodrick singe neue Kopphürer opgesatz un der Lautsprecher VOLL opgedriht. Dann han ich op „play" gedäut.

Eesch muss ich ens eins sage: Ich kann jetz 100 % verstonn, wofför die dä Warnhinwies op die CD gemaht han.

Ävver ich han bloß ca. 30 Sekunde vum eeschte Leed gehoot, do woodt ich ald ungerbroche.

Ich hatt nämlich vergesse, der Kopphürer met der Stereoaanlag zo verbinge. Su kom de Musik us de LAUTSPRECHERE un nit usem Kopphürer.

Der Papp zoteete mich op mi Zemmer un maht de Pooz hinger sich zo, un dann saht e:

Wann der Papp „Fründche" säht, weiß de, dat de en der Bräng bes. Et eeschte Mol, wie der Papp „Fründche" för mich gesaht hät, han ich nit begreffe, dat dat ironisch gemeint wor. Un schon ben ich fies op de Fott gefalle.

Dat passeet mer nit noch ens.

Dise Ovend hät der Papp mer zehn Minutte der Möpp geschürt un dann es im wahrscheinlich engefalle, dat e leever em Bedd lög, wie en der Ungerbotz en mingem Zemmer zo stonn. Hä hät mer zwei Woche et Videospille verbodde. Damet hatt ich gerechent. Ich kann vun Glöck sage, dat dat alles wor.

Dat Gode am Papp es, dat e sich ganz flöck widder avräg, wann e wödig es.

Wann de Dress mähs, wann der Papp do es, schmieß hä der gewöhnlich irgendjet, wat e grad en der Hand hät, noh.

GODE MOMENT,
FÖR JET AANZOSTELLE:

SCHLÄÄCHTE MOMENT,
FÖR JET AANZOSTELLE:

Wat et Bestrofe aangeiht, hät de Mamm ene KOMPLETT andere Packaan wie der Papp. Wann de jet aangestellt häs un de Mamm erwisch dich, es et eeschte, wat se deit, e paar Dag drüvver nohzodenke, wat för en Strof de krige solls.

Un wie de su am Waade bes, schwaads de wie e sößß Heu.

Ävver dann noh e paar Dag, wann de ald vergesse häs, dat de Dress gebaut hatts, kriss de jet vür die Schwaad.

Mondag

Dat Videospillverbodd es vill schlemmer, wie ich gedaach hatt. Ävver winnigstens ben ich nit der Einzige en der Famillich, dä Brasel hät.

Der Rodrick hät em Moment och Knaatsch met der Mamm. Der Manni hät ein vun singe Heavy-Metal-Hefte en de Fingere gekräg, un op einem Beld dodren log e Ald en enem Bikini op ener Motorhaub vun enem Auto. Un dann hät der Manni dat met en der Kindergaade genomme.

Loss mer ens esu sage, üvver dä Aanrof wor de Mamm nit grad glöcklich.

Ich han dat Heff selver gesinn, un et wor ech nix dran, wo mer sich drüvver opräge mööt. Ävver de Mamm well esu jet nit em Huus han.

Zor Strof moot der Rodrick op luuter Froge Antwood gevve, die im de Mamm opgeschrevve hatt.

Hät dat Heff ene bessere Minsch us dir gemaht?

Enä.

Hät et dich bei dinge Fründe beliebter gemaht?

Enä.

Wie föhls de dich, weil de su e Heff besesse häs?

Ich schamme mich.

Häs de de Fraulück irgendjet ze sage, weil de su e dreckelig Heff besesse häs?

Deit mer leid, Fraulück.

Meddwoch

Ich han immer noch Videospillverbodd, deswäge darf der Manni ming Spillkonsol benötze. De Mamm hät im en ganze Rötsch pädagogische Lierspille gekauf un allein et Zoluure es för mich wie Folter.

De gode Nachrich es: Jetz han ich endlich eruskräge, wie ich e paar Spille am Rupert singem Papp vörbeifusche kann. Ich steche einfach ein vun minge Schieve en die „Fing alles üvver et ABC erus"-Box vum Manni un fäädig!

Donnersdag

En der Schull han se hügg aangekündig, dat de Wahle vun der Schülervertretung vür der Dür stündte. För ihrlich zo sin, han ich op de Schülervertretung immer gedresse. Ävver bei nöherem Nohdenke es mer klor gewoode, dat sich als Kassewart ming Situation en der Schull KOMPLETT ändere künnt.

Un noch besser ...

Kein Sau will jemols Kassewart weede, die wolle all luuter bloß e huh Pössche wie Schullsprecher un 2. Schullsprecher. Wann ich mich alsu morge opstelle looße, es dä Kassewart-Job för mich secher geretz.

Friedag

Hügg han ich mich en de Bewerberliss för der Kassewart engedrage. Leider kandideet och noch dä eine Jung, der Marty Porter, un dä es e richtig Mathe-Ass. Weed alsu doch nit esu einfach, wie ich gedaach hatt.

Ich han dem Papp verzallt, dat ich mich bei der Schülervertretung han opstelle looße, un hä schung ärg begeistert. Et stallt sich erus, dat hä en mingem Alder och för de Schülervertretung kandideet un esugar gewonne hät.

Der Papp hät e paar aal Keste em Keller durchwöhlt un ein vun singe Wahlplakate gefunge.

Ich fung die Idee met däm Wahlplakat zemlich god un han der Papp gefrog, ov e mich nohm Enkaufe fahre dät för Pappkarton un Molstefte zo besorge. De ganze Naach han ich minge Wahlkrom fäädig gemaht. Hoffentlich nötze die Plakate och jet.

Mondag

Hügg han ich ming Plakate met en de Schull genomme un ich muss sage, se sin mer ärg god geflupp.

Ich han die Plakate direk, wie ich en de Schull kom, opgehange. Ävver ald noh ungefähr drei Minutte hät se der stellvertretende Direktor Roy entdeck.

Der Mr Roy hät gesaht, mer dürf kein „Lügemärcher" üvver de ander Kandidate schrieve. Do han ich dem Mr Roy verzallt, dat dat Dinge met dä Lüüs wohr wor un dat baal de ganze Schull deswäge hätt zomaache müsse.

Ävver trotzdäm hät e ming sämpliche Plakate avgehange. Hügg es der Marty Porter erömgelaufe un hät Lollies verdeilt, för sich Stemme zo kaufe, un ming Plakate logen ungen em Papierkorv vum Mr Roy. Ich nemme aan, domet es ming politische Karrier offiziell am Eng.

Mondag

Endlich ha' mer Oktober, un et sin bloß noch dressig Dag bes Halloween. Halloween es mi LEEVS Fess, och wann de Mamm säht, ich wör us däm Alder erus, wo mer „Leckeres ov jecke Dress" spillt.

Halloween es och dem Papp si leevs Fess, ävver us enem andere Grund. Wann sämpliche ander Eldere söße Krom an der Dür verdeile, verstich sich minge Papp met enem große Müllemmer voll Wasser em Gebösch.

Un wann Teenager an unser Huusenfaht vörbeikumme, mäht e se naaß.

Ich ben nit secher, ov der Papp dä Senn vun Halloween verstande hät. Ävver ich well im nit der Spass dran verdirve.

Hügg wor de Eröffnung vun der Crossland-Highschool-Gruselparty, un ich han de Mamm erömkräge, dat se mich un der Rupert hinfäht.

Der Rupert kom met singem Halloweenkostüm vum letzte Johr eraan. Wie ich en vürher aangerofe han, han ich im gesaht, hä sollt normale Pluute aantrecke. Klor, dat e nit op mich gehoot hät.

Ich han ävver versok, mich nit zo ärg drüvver opzoräge. Ich durf vürher noch nie op de Crossland Gruselparty un ich wollt et mer och nit vum Rupert verdirve looße. Der Rodrick hät mer alles dodrüvver verzallt, un ich freue mich ald ungefähr drei Johr dodrop.

Wie mer an der Engang kome, han ich ävver aangefange, et mer noch ens anders zo üvverläge.

Ävver de Mamm soch us, als wollt se su flöck wie möglich fott un däuten uns wigger. Drenne gov et eine Schreck nohm andere. Vampire höppten op dich aan, Lück ohne Kopp un all su ene verdötschte Krom.

De gruseligste Abteilung wor dat, wat se Kettesäge-Allee nannte. Do wor esu ene Kleiderschrank vun Kääl met ener Hockey-Mask un dä hatt en ECHTE Kettesäg! Der Rodrick hät mer verzallt, dat die Kettesäg en Gummikling hät, ävver ich wollt et nit drop aankumme looße.

Wie dä Kettesägetyp ald drop un draan wor, uns zo kasche, kom de Mamm un hät uns us der Bredouille geholfe.

De Mamm maht, dat dä Kettesägetyp uns der Usgang zeige dät, un dat wor et Eng vun unsem Gruselparty-Experiment. Ich gläuve, der Mamm ehre Optredd wor e bessche peinlich, ävver dat eine Mol loss ich et ehr durchgonn.

Samsdag

Die Crossland-Party hät mich op en Idee gebraht. Die verlange ene Heiermann pro Person, un trotzdäm wor die Schlang mindestens zwanzig Meter lang.

Ich han beschlosse, ming eige Gruselparty zo gevve. Dofür broht ich ävver der Rupert, dann ming Mamm wollt nit, dat ich us unsem Parterre e richtig Spukschloss maache.

Mir wor klor, dass dem Rupert singe Papp och nit grad usem Hüüsche wor üvver die Idee, su ha' mer beschlosse, dat Geisterhuus beim Rupert em Keller opzobaue un singe Eldere einfach nix dovun zo verzälle.

Ich un der Rupert han der ganzen Dag domet zogebraht, ene Plan för dat Geisterhuus zo maache.

Und dat es dobei erusgekumme:

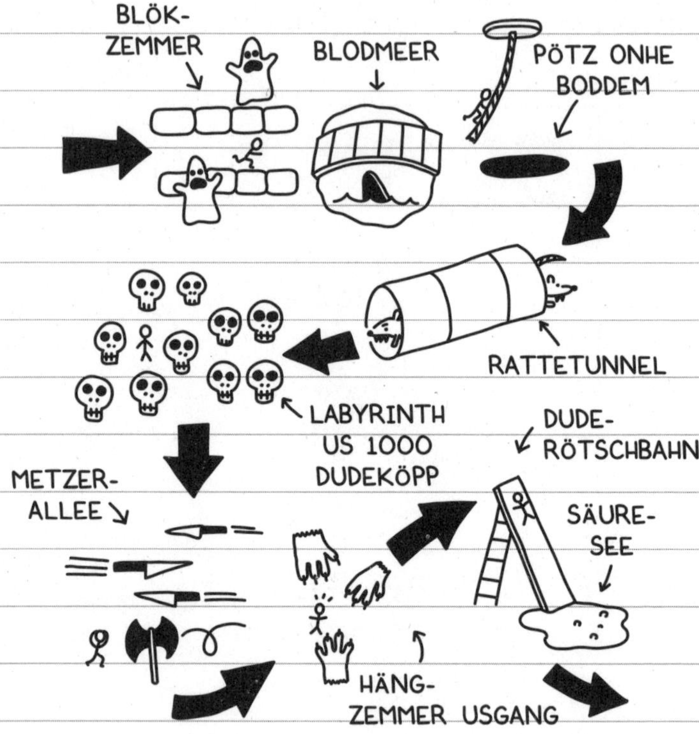

Ich well jo nit strunze, ävver wat mer do geknuv han, wor VILL besser wie dat op dä Gruselhuus en der Crossland Highschool.

Dann woodt uns klor, dat mer Reklame för dat, wat mer vürhatte, maache moote. Alsu hollte mer uns Papier un han ene Püngel Handzeddele gemaht.

Ich gevven et zo, mer han de Wohrheit e bessche gelängk en unse Reklamezeddele, ävver mer wollte jo schleeßlich, dat och Lück kome.

Wie mer fäädig wore met Zeddele-Ophange un widder beim Rupert em Keller, wor et ald halver 3 un mer hatte noch gar nit mem Opbau vun däm Geisterhuus aangefange.

Alsu moote mer unse Plan jet raffe.

Wie et op 3 Uhr aanging, ha' mer nohgeluurt, ov einer do wor. Tatsächlich, et stundte ungefähr zwanzig Pänz us der Nohberschaff en einer Reih vürm Rupert singem Keller.

Ich weiß, op unse Zeddele stundt Entredd 50 Cent, ävver, wie et ussoch, wor dat hee ene ganz große Worf.

Alsu han ich dä Pänz gesaht, dat der Entredd zwei Dollar koste dät un dat met dä 50 Cent nor ene Schrievfähler gewäs wör.

Der eeschte Fetz, dä zwei Dollar springe leet, wor der Simon Snella. Wie e bezahlt hatt, leete mer en eren un ich un der Rupert han uns em Blökzemmer en Stellung gebraht.

Et Blökzemmer wor haupsächlich en Lappekess met mir un dem Rupert links un rähts dovun.

Villleich ha' mer et Blökzemmer jet zo gruselig gemaht, dann irgendwann log der Simon bloß noch wie e Häufche Älend ungerem Bedd. Mer han versok, en widder eruszolocke, ävver hä dät sich nit wäge.

Ich daach an all die Nüsele, die uns durch de Lappe ginge, weil dä Botzendresser de Blökallee lahm laht, und ich woss: Dä muss do rus, flöck!

Irgendwann kom dem Rupert singe Papp en der Keller. Zoeesch wor ich fruh, in zo sinn, weil ich daach, villleich hilf e uns, dä Simon unger dem Bedd eruszotrecke un uns Gruselhuus widder an et Laufe zo krige.

Ävver dem Rupert singem Papp stundt der Kopp nit noh Helfe.

Dem Rupert singe Papp wollt wesse, wat mer do am Dun wöre un woröm dä Simon Snella wie e Häufche Älend ungerem Bedd lög.

Mer han im usenanderposementeet, dat der Keller e Geisterhuus wör un dat dä Simon uns doför BEZAHLT hät, dat mer im dat aandun. Ävver dem Rupert singe Papp hät uns dat nit avgenomme.

Ich gevve zo, wa' mer sich ömluure dät, soch et nit wirklich us wie e Geisterhuus. Mer hatte nor Zigg för et Blökzemmer un et Blodmeer gehat, dat dem Rupert si ald Planschbecke wor, wo mer en halve Fläsch Ketchup erengeschodt hatte.

Ich han versok, dem Rupert singem Papp unse Plan zo zeige, för im zo bewiese, dat dat all räächtens wör, ävver hä soch immer noch nit üvverzeug us.

För et koot zo maache: Dat wor et met unsem Geisterhuus.

De gode Nachrich wor: Weil dem Rupert singe Papp uns nit gegläuv hät, brohte mer och dem Simon nit sing Nüsele widderzogevve. Su ha' mer hügg immerhin zwei Dollar plus gemaht.

Sonndag

Der Rupert hät wäge däm ganze Geisterhuus-Dress Huusarress kräge. Hä darf en ganze Woch nit Fernseh luure UN ich darf en en dä Zigg nit besöke.

Dä letzte Deil es ech unfair, dann dat heiß jo mich bestrofe, un ich han jo gar nix usgefresse. Wo soll ich dann jetz ming Videospille spille?

No jo, irgendwie hät mer der Rupert leidgedon. Dröm wollt ich im dise Ovend jet Godes dun. Ich han dem Rupert sing Lieblingssendung aangemaht un im müngchesmoß am Telefon verzallt, wat grad passiere dät, su dat hä et suzosage meterlevve kunnt.

Ich han mer ärg vill Möh gegovve, genau zo beschrieve, wat op däm Bildschirm avleef, ävver för ihrlich zo sin, weiß ich nit, ov dat beim Rupert esu plastisch erüvvergekumme es.

Dinsdag

Dem Rupert singe Huusarress es endlich vörbei, grad noch räächziggig vür Halloween. Ich ben bei en gegange, för mer si Kostüm aanzoluure, un ich muss zogevve, ich ben jet neidisch.

Dem Rupert sing Mamm hät im e Ritterkostüm besorg, dat VILL cooler es wie si Kostüm vörriges Johr.

Si Ritterkostüm hät ene Helm un e Scheld un e ech Schwäät un ALLES.

Ich han noch nie e gekauf Kostüm gehat. UN: Ich weiß immer noch nit, wat ich mich morge Ovend maache soll. Wahrscheinlich frößele ich op de letzte Minutt jet zosamme. Ich kann jo widder als Klopapiermumie gonn.

Ävver för morge Ovend han se Rähn aangesaht, do es dat villleich doch en Futzidee.

En de letzte Johr sin de Erwahßene en der Nohberschaff wäge minge bedresse Kostüme manchmol richtig knatschig gewoode, un ich han langsam dä Endrock, dat sich dat negativ dodrop uswirk, wie vill Güdscher ich krige.

Ävver ich han kein Zigg, för mer e richtig god Kostüm zo knuve, dann wat vill wichtiger es, ich muss de beste Route för mich un der Rupert för morge Ovend plane.

Dis Johr han ich ene Plan, dä uns bestemmp dubbelt esu vill Güdscher enbrängk wie letz Johr.

Ungefähr ein Stund ih dat mer losstrecke wollte, hatt ich immer noch kei Kostüm. Ich han mer sugar äänshaff üvverlaht, et zweite Johr hingerenein als Cowboy zo gonn.

Ävver dann dät de Mamm an ming Dür kloppe un gov mer e Piratekostüm - met Augeklapp, Hokehand un allem Dröm un Draan.

Öm halver sibbe stundt der Rupert en singem Ritterkostüm vür der Dür, ävver et hatt GAR NIX vun däm, wie et gester ussoch.

Dem Rupert sing Mamm hatt an däm Kostüm sämpliche Secherheitsvürkehrunge getroffe, su dat mer gar nit mih erkenne kunnt, wat hä eigentlich sin sollt.

Se hatt e groß Loch en der Helm geschnedde, dat e besser süht, un dat ganze Kostüm wor met Reflektorstriefe bekläv. Hä moot singe Wintermantel unger der Rüstung aandun un se hät et Schwäät gägen e Leuchstäbche usgetuusch.

Ich han mer minge Kessebezog geschnapp un dann wollten ich un der Rupert loss. Ävver de Mamm hät uns gekasch, ih dat mer us der Dür wore.

Jung, ich hätt jo ahne künne, dat die Saach ene Hoke hatt, wie se mer dat Kostüm gegovve hät.

Ich han der Mamm explezeet, dat mer op KEINE FALL der Manni metnemme künnte, weil mer en drei Stund 152 Hüüser avklabastere wollte. Usserdäm wollte mer üvver de Landstroß gonn, wat vill zo gefährlich wör för su ne kleine Futzemann wie der Manni.

Dä letzte Deil hätt ich fottlooße solle, dann ih dat ich woss, wat loss wor, saht de Mamm för der Papp, dat e met uns gonn sollt, domet mer och jo en der Nohberschaff blevve. Der Papp wollt kniefe, ävver wann de Mamm sich eesch ens jet en der Kopp gesatz hät, bes de en de Fott gekneffe.

Mer wore noch nit ens us der Enfaht, do leef uns unse Nohber, der Mr Mitchell met singem Sonn Jeremy en de Föß. Esu sin DIE natörlich met uns gelaufe.

Der Manni un der Jeremy wollte bei keinem Huus schelle, dat irgendwie gruselig geschmück wor. Domet kom quasi kei Huus en unser Stroß en Frog.

Der Papp fing aan sich mem Mr Mitchell üvver Football zo ungerhalde, un jedes Mol, wann einer von inne sing Meinung vertredde wollt, blevve se stonn.

Dat heiß, mer han ungefähr alle zwanzig Minutte ei Huus geschaff.

Noh e paar Stund han der Papp un der Mr Mitchell die Ströppcher heimgebraht.

Ich wor fruh, endlich kunnten ich un der Rupert Kood scheeße looße. Minge Kessebezog wor su god wie leddig un ich wollt su vill Zigg wie möglich opholle.

Koot drop meint der Rupert, hä mööt ens op et Höffche. Ich saht för en, hä sollt noch en Dreiveedelstund durchhalde. Ävver wie mer bei minger Groß aankome, woodt klor, dat et en große Biesterei göv, wann ich der Rupert nit baal op der Abtredd leet.

Dann han ich för der Rupert gesaht, wann e nit em Rubbedidupp widder do wör, dät ich mich üvver sing Kamelle hermaache.

Dann si' mer widder op de Stroß. Ävver et wor ald halver elf un ich gläuve, öm die Uhrzigg han de mieste Erwahßene beschlosse, dat Halloween vörbei es.

Mer merk et dran, dat se einem em Punjel de Dür opmaache un einer zemlich wööschtig aanluure.

Mer mahten uns op Heim aan. Mer han ärg vill Zigg godgemaht, nohdäm der Papp un der Manni fott wore, un esu wor ich zemlich zofridde met däm, wat mer an Sößkrom han kräge.

Om halve Wäg heim kom plötzlich su ne Pick-Up met ener Rötsch Highschool-Teenager de Stroß eropgeschosse.

Dä Fetz hingedren heeldt ene Feuerlöscher en der Hand un em Vörbeifahre hät e geschosse.

Ich muss sage, der Rupert hät dat ech god gemaht, dann hä hät ungefähr 95 % vun däm Wasser-Schuum-Gemölsch met singem Scheld avgewehrt. Söns wör uns ganz Leckergods klätschnaaß gewoode.

Wie dä Wage fottfuhr, han ich jet gebröllt, wat mer ald ungefähr zwei Sekunde späder leid gedon hät.

Dä Fahrer dät op de Brems steige un wende. Ich un der Rupert sin tirre gegange, ävver die Pooschte wore uns deech op de Fääschte.

De einzig sechere Plaatz, die mer en däm Augebleck enfeel, wor et Huus vun minger Groß. Dä Wäg doher ha' mer durch e paar Gääde avgekürz. De Groß log ald em Bedd, ävver ich woss, dat se unger der Foßmatt vür der Dür noch ene Schlössel verstoche hatt.

Wie mer em Huus wore, han ich durch et Finster geloot, för zo sinn, ov die Pooschte hinger uns her wore. Tatsächlich wore se dat. Ich han versok, se för der Jeck zo halde, ävver se däte sich keine Däu bewäge.

Noh ener Zigg woodt uns klor, dat die Lällbecke op uns am Waade wore. Alsu ha' mer beschlosse, de Naach bei der Groß zo verbränge. Dat wor dä Augebleck, wie mer üvvermödig woodte: Mer han uns usem Finster gelähnt un die Pooschte wie Aape aangebröllt un wat nit all.

ICH han zomindes wie en Aap gebröllt. Beim Rupert klung et mih noh ener Ü ül, ävver dat wor wall mih oder winniger etselve.

Ich han de Mamm aangerofe, för ehr zo sage, dat mer de Naach bei der Groß blieve däte. Ävver de Mamm klung am Telefon irgendwie richtig kodd.

Se saht, am ander Dag wör Schull, un dat mer op der Stell noh Hus kumme sollte. Dat heeß, mer moote kaaschte gonn.

Ich han am Finster erusgeloot, un jetz wor dä Wage fott. Ävver ich woss, dat die Pooschte sich irgendwo verstoche hatte, för uns eruszolocke.

Alsu schleche mer uns an der Hingerdür erus, sin üvver der Groß ehre Gaadezung gesprunge un dä ganze Wäg noh der Landstroß gelaufe. Ich daach, do hätte mer bessere Chance, weil et kein Stroßebeleuchtung gitt.

Die dunkle Landstroß es an sich ald gruselig genog, och ohne ene Wage voll Pooschte, die hinger der her sin. Jedes Mol wann e Auto kom, si' mer en et Gebösch avgetauch. Op die Aat un Wies ha' mer för 100 Meter ungefähr en halve Stund gebruch.

Ov ehr et gläuvt oder nit, mer han et tatsächlich bes noh Hus geschaff, ohne gekasch zo weede. Mer wore alle zwei om Kiwif, bes mer endlich an unser Enfaht wore.

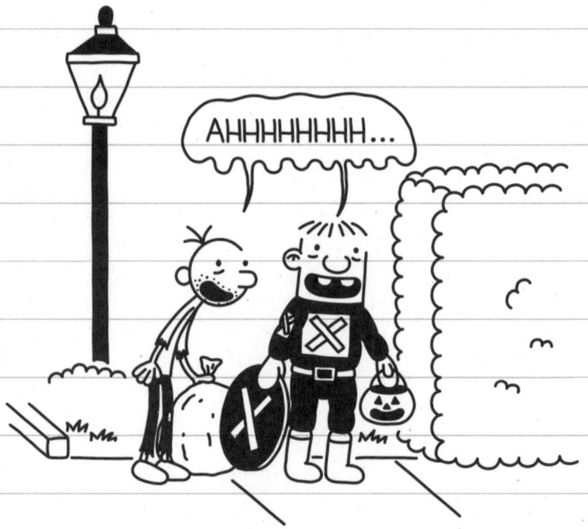

Doch dann gov et plötzlich dä furchbare Schrei un mer soche ne riesige Wasserschwall op uns zokumme.

Mann, ich hatt der Papp TOTAL vergesse un jetz hatte mer dä Dress!

Wie ich un der Rupert drenne woren, ha' mer unse ganze Sößkrom om Köchedesch verdeilt.

Et Einzige, wat mer noch han rette künne, woren e paar Peffermünzkamelle, die en Zellophan engepack wore, un die Zahnbööschte vum Dr. Garrison.

Ich gläuve, nächs Halloween blieve ich met der Fott doheim un stritze mer e paar Schokoriegele us dä Kump, die de Mamm luuter om Iesschrank stonn hät.

Donnersdag

Wie mer hügg mem Bus noh der Schull gefahre sin, si' mer an der Groß ehrem Huus vörbeigefahre. Et es letzte Naach en Klopapier engeweckelt woode, wat mich nit wirklich gewundert hät.

Irgendwie hät et mer jet leid gedon, dann et soch esu us, als dät et ärg lang duure, dat all widder fottzomaache. Op der ander Sigg es de Groß Rentnerin un hatt hügg bestemmp nix vür.

Meddwoch

En der drette Stund hät unse Sportlehrer, der Mr Underwood, aangekündig, dat de Junge de nächste sechs Woche Wrestling liere däte.

Wann et eins gitt, wo de mieste Junge an minger Schull jeck drop sin, es et Wrestling. Der Mr Underwood hätt alsu genauesu god en Bomb zünde künne.

De Meddagspaus kütt direk nohm Sport, un de Cafeteria wor de reinste Jeckenaanstalt.

Kein Ahnung, wat sich de Schull dobei gedaach hät, Wrestling-Ungerrich zo maache.

Ich han jedefalls beschlosse, wann ich de nächste anderthalv Mond nit ussinn well wie ne Neujohrsbretzel, sollt ich besser ming Wrestling-Aufgabe maache.

Su han ich mer en Rötsch Wrestling-Videospille usgeliehnt, för e paar Tricks zo liere. Un noh ener Wiel hatt ich ech langsam dä Drih erus.

Die ander Junge en minger Klass sollte et bess oppasse, dann wann ich dat wigger trainiere, künnte ich ech gefährlich weede.

Op der ander Sigg well ich och nit ZO god weede. Su ne Jung namens Michael Ömmes es ens „Sportler des Monats" gewoode, weil e der Beste en der Basketball-Mannschaff wor, un se han si Bild em Flur opgehange.

Et hät ungefähr fünf Sekunde gedoot, bes se erus hatte, wie „M. Ömmes" klingk, wa' mer et wie ei Wood sprich, un dat wor et dann för der Michael.

Donnersdag

No, hügg han ich metkräge, dat die Zoot Wrestling, die der Mr Underwood uns beibrängk, VÖLLIG anders es wie dat, wat se en der Äugelskess zeige.

Eeschtens müsse mer su Dinger aantrecke, die „Trikot" heiße un ussinn wie die Badebotze, die se em 19. Johrhundert gedrage han.

Un zweitens gitt et kein Pilerdriver, mer darf Lück kein Stöhl üvver der Däts haue oder irgendjet en dä Aat.

Et gitt nit ens ene Ring met Seile drömeröm. Et es quasi bloß en verschweißte Matt, die su rüch, als wör se ald urald un ärg off gebruch woode.

Die Stund fing domet aan, dat der Mr Underwood noh Freiwellige gefrog hät, för e paar Greff zo zeige. Ich, mich melde? Am Aasch e Trötche!

Ich un der Rupert han versok, uns nevve dem Vürhang op der ander Sigg vun der Turnhall zo verstecheh, ävver do wore de Mädcher am Turne.

Mer han uns flöck durch de Kood gemaht un sin widder öm bei die ander Junge.

Der Mr Underwood hät natörlich mich usgewählt, wahrscheinlich weil ich der Leichste en der Klass ben. Su kunnt e mich erömschmieße, ohne sich aanzostrenge. Hä hät jedem gezeig, wie mer su Saache mäht wie „halve Nelson", „Rundömschlag" oder „Klatscher".

Wie hä uns dä Griff „Feurwehrmann" gezeig hät, han ich ungen eröm ene Luffzog gespoot. Do woss ich, dat mi Trikot singe Job mich zozodecke nit god maht.

En däm Augebleck feel mer ne Stein vum Hätz, weil die Mädcher op der ANDER Sigg vun der Turnhall wore.

Der Mr Underwood hät uns en Geweechsklasse engedeilt. Dodrüvver wor ich et eesch ärg fruh, dann su moot ich nit gäge Pooschte wie der Benny Wells aantredde, dä 110 Kilo stemme kann.

Wie ich dann ävver spetz kräge han, gäge wä ich ringe moot, hätt ich en direk gäge der Benny Wells getuusch.

Der Fregley wor der einzig ander en ming Geweechsklass. Un schings hatt der Fregley god opgepass, wie der Mr Underwood de Greff usenanderposementeet hät. Hä hät mich nämlich esu fäädig gemaht, wie ehr et üch nor vürstelle künnt. Ich han die Sportstund domet zogebraht, dä Fregley VILL besser kennenzoliere, wie ich et je wollt.

Dinsdag

Dä Wrestling-Ungerrich hät uns Schull total op der Kopp gestallt. Jetz ringe de Junge om Gang, en der Klass, un wo nit all! Ävver de eeschte Veedelstund drusse om Hoff es am schlemmste.

Mer kann kein zwei Meter gonn, ohne üvver e paar Junge, die am Ringe sin, zo stolpere. Ich versöke einfach, inne usem Wäg zo gonn. Un, passt op, wat ich sage, einer vun dä Dötschemänner rollt noch direk en dä Stinkkis eren, un dann geiht dat ald widder loss met däm Kisfinger.

Mi ander groß Problem es, dat ich jede Dress-Dag mem Fregley ringe muss. Ävver dise Morge es mer jet engefalle. Wann ich en en hühere Geweechsklass kumme, muss ich nit mih gäge der Fregley aan-tredde.

Dröm han ich hügg ming ganze Pluute met Söck un Hemder un allem Mögliche vollgestopp, för en de nächste Geweechsklass zo kumme.

Ävver ich han immer noch zo winnig gewoge för op-zosteige.

Ich han engesinn, dat ich tatsächlich zonemme mööt. Zoeesch daach ich, ich stoppe mer einfach Fastfood eren, ävver dann hatt ich en vill bessere Idee.

Ich wollt mih MUSKELE krige, nit mih Fett.

Ich wor noch nie dran intresseet, en god Figor zo han, ävver durch dä Wrestling-Ungerrich han ich mer dat noch ens durch der Kopp gonn looße.

Wann ich jetz ööntlich zoläge, künnt mer dat irgendwann sugar zopass kumme.

Em Fröhjohr spille mer em Sportungerrich nämlich widder Football un do weede de Mannschafte immer en „Hemb" un „Hugg" opgedeilt. Un irgendwie lande ich LUUTER bei „Hugg".

Ich gläuve, die maache dat extra, dat die Junge, die usem Liem gegange sin, sich schamme.

Wann ich jetz jet en de Maue krige, süht dat em April ganz anders us.

Hügg han ich der Mamm un dem Papp nohm Ovend-esse vun mingem Plan verzallt. Ich han gesaht, dat ich e paar Hantele un Geweechte bröht un och su e Pölverche, för jet en de Maue zo krige.

Ich han inne die Muskel-Hefte gezeig, die ich am Büdche gekauf hatt, dat se luure kunnte, wie ich nohher ussinn wollt.

De Mamm hät zoeesch ens gar nix gesaht, ävver der Papp wor ärg usem Hüüsche. Ich gläuve, hä wor einfach fruh, dat sich ming Enstellung geändert hät:

Ävver de Mamm saht, wann ich Hantele un Geweechte han wöllt, mööt ich eesch bewiese, dat ich e Trainingsprogramm durchhalde kann. Se saht, ich sollt eesch ens zwei Woche Kneebeuge un Liegestütz maache.

Ich moot ehr verklöre, dat mer die ganze Hightech-Maschine wie em Fitnesscenter bröht, för richtig jet en de Maue zo krige, ävver de Mama wollt nix dovun wesse.

Der Papp saht, wann ich en Langhantel för et Bankdröcke wöllt, sollt ich ald ens de Duume dröcke för Chressdag.

Ävver bes Weihnachte sin et noch anderthalv Mond. Un wann der Fregley mich noch eimol verkamesölt, krige ich en Aap.

Wie et ussüht, sin de Mamm un der Papp mer kein große Hölp. Un dat heiß, ich muss mich selver dröm kömmere, wie üblich.

Samsdag

Ich kunnt et gar nit erwaade, hügg met mingem Bodybuilding-Programm aanzofange. Och wann de Mamm mer die Usröstung nit kaufen wollt, han ich beschlosse, mich dodurch nit ophalde zo looße.

Do ben ich nohm Iesschrank un han die zwei große Kanistere met Milch un O-Saff leer gemaht un Sand dren gedon. Dann han ich se an enem Besemstill fassgekläv un fäädig wor ming Langhantel!

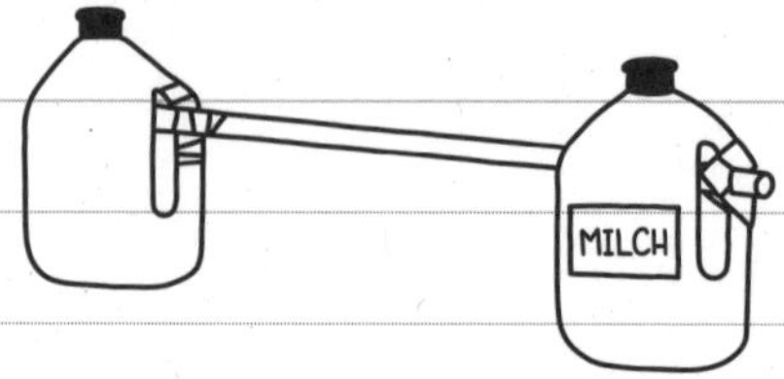

Dann han ich mer us enem Bügelbredd un e paar Keste en Bank fisternöllt. Jetz kunnt et äänshaff lossgonn met de Hebeübunge.

Ich broht noch ene Trainingspartner, dröm han ich der Rupert aangerofe. Ävver wie dä en däm dämliche Opzog bei mer opgetauch es, woss ich, dat wor ene Fähler, en enzolade.

Ich han der Rupert die Bank zoeesch usprobiere looße, vör allem weil ich wesse wollt, ov dä Besemstill häld.

Hä dät die Hantel ungefähr fünf Mol hevve un wollt ophüre, ävver ich han en nit gelooße. Dofür es ene Trainingspartner jo do, dich üvver ding Grenze erus zo bränge!

Ich woss, dat der Rupert dat met däm Geweechhevve nit esu ääns nemme dät wie ich, dröm han ich e Experiment gemaht, för singe faste Welle zo teste.

Medden en ener Übung han ich en Pappnas met Schnäuzer gehollt, die der Rodrick en singer Krom-Schublad hät.

Un genau en däm Augebleck, wie der Rupert die Hantel unge hatt, han ich mich üvver en gebeug.

Ohne Dress, dä Rupert hät TOTAL de Konzentration verlore. Hä kunnt nit ens mih die Hantel vun singer Bross hevve. Eesch wollt ich im helfe, ävver dann woodt mer klor: Wann der Rupert si Training nit jet äänster nöhm, köm hä nie op mi Niveau.

Schleeßlich moot ich en dann doch befreie, weil e ald am Versöke wor, en der Milchkanister zo bieße, för der Sand erusrisele zo looße.

Wie der Rupert vun der Bank erav wor, wör ich eintlich draan gewäs. Ävver der Rupert saht, hä hätt kein Loss mih för zo trainiere un es heimgegange.

Dat hatt ich doch en der Nas, dat dä sich su jet lapp. Mer kann evvens vun andere nit dä Ensatz erwaade, dä mer selver opbrängk.

Meddwoch

Hügg ha' mer en Erdkunde ne Tess geschrevve, un ich muss sage, do han ich mich ald lang drop gefreut.

Et ging öm de Haupstädt en de USA, un ich setze ganz hinge en der Klass direk nevve dä riesige Landkaat. Do stonn sämpliche Haupstädt en decke rude Buchstabe drop. Ich woss: Dat hatt ich en der Täsch!

Doch wie dä Tess grad lossging, maht et Patty Farrell en der eeschte Reih plötzlich de Muul op.

Et Patty hät för der Mr Ira gesaht, hä sollt de USA-Kaat avdecke, ih dat et lossging.

Dem Patty han ich et zo verdanke, dat dä Tess en de Botz gegange es. Dat kritt dat op jede Fall irgendwann widder!

Donnerstag

Dise Ovend kom de Mamm met enem Zeddel en der Hand bei mich en et Zemmer. Wie ich en gesinn han, woss ich GLEICH, wat loss wor.

Et wor en Aankündigung, dat de Schull em Winter e Theaterstöck opführe dät. Jung, ich hätt dat Dinge fottschmieße solle, wie ich et om Köchedesch gesinn han.

Ich han op de KNEEN geläge, dat se mich nit dozo zwingk metzomaache. Die Schullopführunge sin fass immer Musicals, un et Letzte, wat ich bruche, es, vür der ganze Schull e Solo singe zo müsse.

Ävver je mih ich op de Kneen log, je secherer wor se sich, dat ich metmaache sollt.

De Mam hät gesaht, dat ich nor „villsiggig" weede künnt, wann ich verschiedene Saache usprobiere dät.

Der Papp kom erop, för nohzoluure, wat loss wor. Ich han im verzallt, dat de Mamm mich zwinge wollt, bei dä Opführung metzomaache, un wann ich jetz noch noh de Probe gonn mööt, künnt ich mi Bodybuilding-Programm en der Pief rauche.

Domet hatt ich der Papp em Sack. De Mamm un der Papp han en Zigg diskuteet, ävver der Papp kann der Mamm bei sujet nit et Wasser recke.

Dat heiß alsu, morge muss ich för de Schullopführung vürspreche.

Friedag

Dis Johr weed der „Zauberer vun Oz" gegovve. En Hääd Pänz woren ald för die Rolle kostümeet, die se spille wollte.

Ich hatt dä Film noch nit ens gesinn, un su kom et mer vür, als wör ich en der Jeckenaanstalt gelandt.

De Musiklehrerin, de Mrs Norton, leet uns all de Nationalhymne singe, för uns Singstemme zo hüre. Ich han met luuter ander Junge vörgesunge, die och vun ehr Mütter dohergeschleif woode wore. Ich han versok, su leis wie möglich zo singe, ävver trotzdäm hät se mich erusgepeck. Wor jo klor.

Ich han keine blasse Schimmer, wat ene „Sopran" es, ävver su wie die Mädcher gegiefelt han, hatt et nix Godes zo bedügge.

Et Vürspreche hät iwig gedoot. Zom gode Schluss woodt et Dorothy besetz, dat schings de Hauproll es.

Un wä dät natörlich et eesch vürspreche? Et Patty Farrell!

Ich daach dran, ens de Hex uszoprobiere, dann et heeß, dat de Hex en däm Stöck däm Dorothy allerhand fies Saache aandeit.

Ävver dann hät mer einer verzallt, dat et en gode Hex un en biestige Hex gitt, un bei mingem Pech mahte se mich bestemmp zor gode Hex.

Mondag

Ich hatt gehoff, dat de Mrs Norton mich nit besetze dät, ävver hügg hät se gesaht, dat jeder, dä vürgesproche hät, en Roll kritt. Wat han ich e Glöck.

De Mrs Norton hät uns dä Film gezeig, domet se all die Geschichte kenneliere. Ich wollt eruskrige, wä ich spille soll, ävver dat wor eintlich och egal. Dann su zemlich jeder muss irgendwann singe oder danze. Doch wie dä Film halv vörbei wor, woss ich endlich, wä ich spille well: Ich well ene Baum sin, dann 1.) müsse die Bäum nit singe und 2.) dürfe se et Dorothy met Äppel bombardiere.

Wann ich et Patty Farrell vür enem Live-Publikum met Äppel beschmieße künnt, wöödt för mich ene Draum wohr. Ich muss der Mamm am Eng noch dankbar sin, dat se mich heeher geschleif hät.

Nohdäm dä Film am Eng wor, han ich mich als Baum beworve. Leider hatte noch mih Junge deselve Idee. Ich gläauve, et gitt en ganze Rötsch Junge, die mem Patty Farrell noch e Höhnche zo ruppe han.

Meddwoch

No jo, wie de Mamm luuter säht: „Pass op, wat do der wünschs." Ich ben jetz als Baum usgewählt woode, ävver ich weiß nit mih, ov dat wirklich su e doll Dinge es. Die Baumkostüme han nämlich gar kein Ärmlöcher, deswäge weed dat wall nix met däm Äppelschmieße.

Ich sollt besser fruh sin, dat ich üvverhaup en Sprechroll han kräge. Die hatte zo vill Pänz, die vürgesproche han, un nit genog Rolle, su moote se aanfange, Rolle zo erfinge.

Der Phillip James wollt eintlich der Blechmann sin, ävver jetz spillt e ene Struch.

Friedag

Künnt ehr üch entsenne, wie ich gesaht han, ich wör fruh, en Sprechroll kräge zo han? Hügg han ich erfahre, dat ich em ganze Stöck bloß eine einzige Vers han. Dä sage ich, wann et Dorothy ene Appel vun mingem Ass plöck:

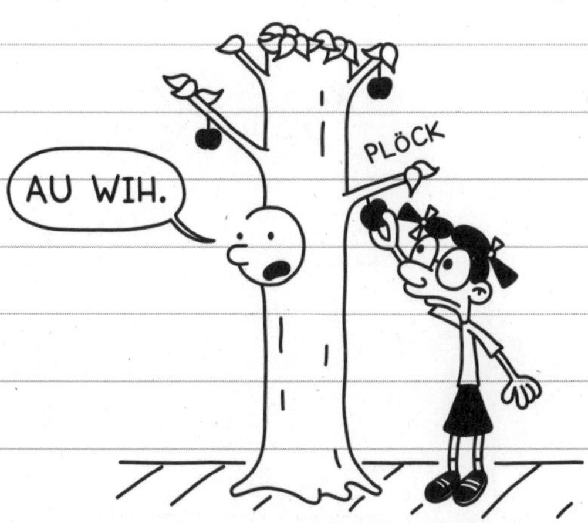

Dat bedügg: Ich muss jeden Dag zwei Stund probe gonn, för bloß zwei läppsche Wööder zo sage.

Langsam gläuve ich, dat der Phillip James et als Struch besser getroffe hät. Hä hät spetzkräge, wie e e Videospill en si Kostüm fusche kann. Ich wedde, domet geiht de Zigg vill flöcker eröm.

Alsu versöke ich jetz, mer jet enfalle zo looße, dat de Mrs Norton mich erusschmieß. Ävver wann do bloß zwei Wööder zo sage häs, es et ech schwer, der Tex durchenanderzobränge.

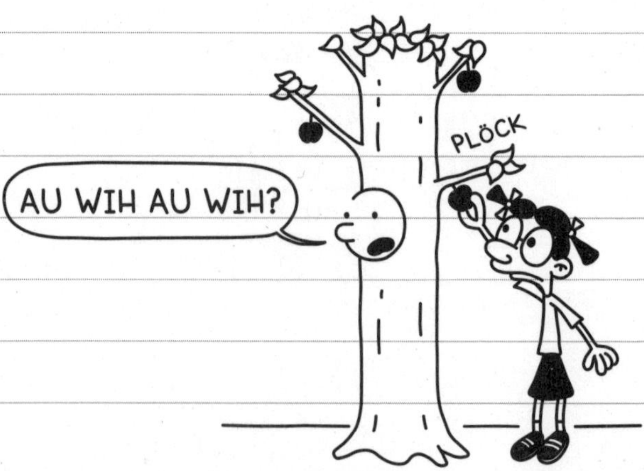

Donnersdag

Et sin nor noch e paar Dag bes mer spille, un ich han keine Schimmer, wie dat fluppe soll.

Eeschtens hät et keiner för nüdig gehalde, der Tex zo liere. Un dat es all de Mrs Norton schold.

Bei de Probe flüstert de Mrs Norton luuter jedem der Tex vum Bühnerand us zo.

Ich froge mich, wie dat nächste Dinsdag laufe soll, wann de Mrs Norton zehn Meter wigg fott am Klavier setz.

Noch jet brängk uns drus, nämlich dat de Mrs Norton luuter neu Szene un Figure erfingk.

Gester hät se su e i-Dötzche eraangeschleif. Dä Klein sollt dem Dorothy singe Möpp Toto spille. Ävver hügg kom de Mamm vun däm Jung un wollt, dat e opprääch geiht, weil et en „degradiere" dät, op alle viere erömzokruffe.

Su ha' mer jetz ene Hungk, dä et ganze Stöck op de Hingerbein erömläuf.

Ävver de schlemmste Änderung es, dat de Mrs Norton e Leed geschrevve hät, dat mir BÄUM singe müsse. Se hät gesaht, jeder „verdeent" en Chance, en däm Stöck e Leed zo singe.

Hügg ha' mer dröm en ganze Stund et schäbbigste Leed, dat je geschrevve wooden es, geprob.

Godd sei Dank weed der Rodrick nit em Publikum setze, för ming Blamage metzoerlevve. De Mrs Norton hät gesaht, die Opführung fingk en „finger Kledage" statt, un ich weiß, der Rodrick weed sich för e läppsch Schullstöck em Levve keine Schlips ömbinge.

Et wor ävver nit alles schlääch hügg. Engs vun der Prob hät der Andy Kelly üvver der Phillip James de Gick geschlage un hät sich en Eck vum Zant avgehaue, weil e sich nit met de Ärme avfange kunnt.

De gode Nachrich es alsu, dat mir Bäum uns för de Opföhrung Ärmlöcher maache dürfe.

Dinsdag

Hüüg wor die große Schullproduktion vum „Zauberer vun Oz"! Et eeschte Aanzeiche, dat dat Ganze nit god ging, gov et ald, ih dat et üvverhaup lossging.

Ich han durch der Vürhang gespingks, för zo luure, wie vill Lück gekumme wore, un jetz gevve ich üch zo rode, wä direk vürre stundt? Minge Broder Rodrick – met enem Schlips, dä mer aanklemme kann!

Hä muss metkräge han, dat ich singe muss, un hät die Chance ergreffe, zozoluure, wie ich mich blamiere.

Dat Stöck sollt öm aach Uhr aanfange, ävver et dät sich jet noh hinge verschiebe, weil der Phillip James plötzlich Lampefieber kräht.

Mer sollt meine, dat einer, dä bloß op der Bühn setze muss, dat ruhig ens en Vürstellung lang ushalde künnt. Ävver der Phillip wor op eimol wie gelähmp un moot vun singer Mutter fottgedrage weede.

Dat Stöck fing dann endlich öm halver nüng eröm aan. Keiner kunnt singe Tex, genau wie ich et geahnt hatt, ävver de Mrs Norton heeldt dat Ganze met ehrem Klavierspill en de Gäng.

Dä Klein, dä der Toto spille dät, braht ene Hocker un ene Stapel Comic-Heffcher met op de Bühn, un dat hät dä ganze „Hungk"-Effek total versaut.

Wie et Zigg för die Szene em Bösch wor, höppten ich un die ander Bäum op uns Position. Der Vürhang ging op un do hoot ich dem Manni sing Stemm.

Klasse. Ich han et geschaff, dä Spetzname fünf Johr geheim zo halde, un jetz kennt en plötzlich de ganze Stadt. Ich kunnt ungefähr 300 Augepaare op mich gereech sinn.

Do han ich e bessche improviseet un kunnt die Blamage op der Andy Kelly avwälze.

Ävver et Peinlichste sollt eesch noch kumme. Wie de Mrs Norton de eeschte Takte vun „Dräum vun Bäum" aanstemme dät, fohlt ich mi Hätz en de Botz rötsche.

Ich loote en et Publikum un do soh ich der Rodrick met ener Videokamera.

Ich woss, dat der Rodrick, wann hä mich beim Singe filmp, dat Band verwaht un mich mi ganz Levve domet zom Hännesche mäht.

Ich woss nit, wat ich dun sollt. Un wie et no an et Singe gonn sollt, han ich einfach de Muul gehalde.

Ene Augebleck lang leef alles wie am Schnürche. Ich daach, wann ich nit richtig singe, hät der Rodrick nix en der Hand gäge mich. Ävver baal han die ander Bäum gemerk, dat ich gar nit am Metsinge wor.

Ich nemme aan, se han gedaach, ich wöss jet, wat se nit metkräge hätte, un han och opgehoot zo singe.

Mir drei stundte einfach do un sahte keine Ton. De Mrs Norton daach secher, mer hätte der Tex vergesse, dann se kom an der Bühnerand un hät uns der Ress souffleet.

Dat Leed duurt nor ungefähr drei Minutte, ävver et dät sich plötzlich aanföhle wie anderthalv Stund. Ich han nor gebedt, dat der Vürhang endlich zoging, dat mer widder vun der Bühn höppe kunnte.

Doch do soch ich et Patty Farrell en de Kulisse stonn. Wann Bleck einer dudmaache künnte, wöre mir drei jetz dem Baumsterve erläge. Et daach wall, mer stündte singer Hollywood-Karrier en de Föß.

Wie ich et Patty do stonn soch, feel mer op eimol widder en, woröm ich üvverhaup ene Baum gewoode wor.

Baal däte die ander Bäum och met Äppel schmieße. Ich gläuve, sugar der Toto hät metgedon.

Irgendeiner hät dem Patty der Brill vum Kopp geschosse un e Glas wor kapodd. Donoh moot de Mrs Norton dat Stöck avbreche, weil et Patty ohne Brill keine Meter wigg luure kann.

Wie et us wor, ben ich met minger Famillich noh Hus gegange. Ming Mamm hatt ene Blomestruuß bei sich, dä wall eintlich för mich gedaach wor. Ävver beim Erusgonn hät se en einfach en der Müll geschmesse.

Ich hoffe nor, dat jeder, dä dat Stöck luure gekumme es, sich genau esu god amüseet hät wie ich.

Meddwoch

No jo, wann irgendjet Godes bei däm Stöck erusgekumme es, dann dat ich mer kein Gedanke mih üvver minge Spetzname „Bubi" maache muss.

Ich han gesinn, wie se der Andy Keller noh der fünfte Stund om Flur deswäge fäädig gemaht han. Dat heiß, ich kann jetz endlich opodeme.

Sonndag

Noh all däm Gedöns en der Schull, hatt ich gar kein Zigg, an Chressdag zo denke. Un et sin bloß noch zehn Dag.

Et Einzige, wat mich drop gebraht hät, dat Chressdag vür der Dür steiht, wor, wie der Rodrick singe Wunschzeddel an der Iesschrank gepapp hät.

Miestens maache ich för Chressdag ene große Wunschzeddel, ävver dis Johr well ich eintlich nor dat Videospill „Twisted Wizard".

Hügg es der Manni der Weihnachtskatalog durchgegange un hät alles, wat e sich wünsch, met enem decke rude Felzsteff markeet. Der Manni hät jedes einzelne Spillzeug em Katalog ömkrigelt. Hä hät esugar ganz düür Saache markeet, wie e groß Elektroauto un esu jet.

Dröm han ich beschlosse, dozwesche zo gonn un im e paar god gemeinte Rodschläg zo gevve – su vun Broder zo Broder.

Ich han im klor geemaht, dat, wann hä Saache ömkringele dät, die zo düür wöre, hä am Eng nor e paar Pluute för Weihnachte kräg. Ich han gesaht, hä sollt drei ov vier meddeldüüre Geschenke ussöke, domet hä am Eng winnigstens e paar Saache kräht, die e wirklich well.

Ävver der Manni hät natörlich noch ens alles neu engekringelt. No jo, hä weed et wall op die haade Tour liere müsse.

Wie ich sibbe wor, wor et Einzige, wat ich mer för Chressdag gewünsch han, e Barbie-Draumhuus. Un NIT etwa deswäge, weil ich Mädchespillzeug mag, wie der Rodrick gesaht hät.

Ich fung bloß, dat wör en Superfestung för ming Spillzeugsoldate.

Wie de Mamm un der Papp domols minge Wunschzeddel gesinn han, hatte se ene große Explezeer deswäge. Der Papp saht, hä dät mer em Levve kei Poppehuus kaufe, ävver de Mamm fung, et wör god för mich, met Spillsaache vun jeder Zoot zo „experimentiere".

Ov ehr et gläuvt oder nit: Der Papp hät bei däm Explezier gewonne! Der Papp hät mer gesaht, ich sollt ene neue Zeddel maache met Spillsaache, die för Junge „passe" däte.

Ävver ich han en Geheimwaffe, wann et öm Weihnachte geiht. Minge Ühm Charlie käuf mer immer, wat ich well. Ich han im verzallt, ich wöllt e Barbie-Draumhuus, un hä hät gesaht, hä dät dat för mich retze.

Ävver wie mer der Ühm Charlie Weihnachte mi Geschenk gov, wor et NIT, wat ich mer gewünsch hatt. Ich gläuve, hä es einfach en der Spillwarelade gegange un hät et eeschbeste Dinge metgenomme, wo „Barbie" dropstundt.

Wann ehr alsu ens e Bild vun mir seht, op däm ich en Beach-Barbie en der Hand halde, wesst ehr jetz woröm.

Der Papp wor nit ärg glöcklich, wie hä gesinn hät, wat der Ühm Charlie mer geschenk hatt. Hä saht, ich sollt et fottschmieße oder spende.

Ävver ich han die Barbie behalde. Un ich gevve zo, villleich han ich och ein oder zwei Mol domet gespillt.

Su kom et, dat ich zwei Woche späder met enem rusa Barbie-Schoh en der Nas en der Unfallstation gelandt ben. Un gläuvt et mer, DAT riev der Rodrick mer bes hügg unger de Nas.

Donnersdag

Hügg ben ich met der Mamm e Geschenk för der Gabebaum en der Kirch besorge gegange. Der Gabebaum es quasi su e Wichtel-Dinge, wo mer e Geschenk för einer käuf, dä nix an de Föß hät.

De Mamm hät för unse Gabebaum-Tuppes ene rude Wollpullover usgesok.

Ich wollt de Mamm üvverschwaade, jet vill Cooleres zo kaufe, en Äugelskess oder en Iesmaschin oder su jet.

Ich meine, stellt üch doch ens vür, alles, wat ehr zo Weihnachte kritt, es ene Wollpullover.

Ich ben secher, unse Gabebaum-Tuppes schmieß singe Pullover op der Müll, zosamme met dä zehn Döppe Röbekrugg, die mer im bei der Erntedank-Aktion vermaht han.

Chressdag

Dis Johr loge ungefähr ein Million Geschenke ungerm Baum. Ävver wie ich die durchgekros hatt, stundt baal nirgends minge Name drop.

Ävver der Manni hät der Vugel avgeschosse. Hä hät ALLES kräge, wat e em Katalog ömkringelt hatt! Ohne Wetz. Dä es bestemmp fruh, dat e nit op mich gehoot hät.

Ich han Saache gefunge, wo minge Name dropstundt, ävver et wore haupsächlich Böcher un Söck un esu jet.

Ich han ming Geschenke en der Eck hinger dem Sofa usgepack, weil ich et nit mag, se en der Nöh vun mingem Papp opzomaache. Immer wann einer e Geschenk uspack, schmieß sich der Papp em Sturzflog op dat Papier un rüümp et fott.

Ich han dem Manni ene Hubschrauber geschenk un dem Rodrick e Boch üvver Rockbands. Der Rodrick hät mer och e Boch geschenk, ävver hä hatt et nit engepack. Et heiß: „Et Beste vum Kleine Ditzche". „Et Kleine Ditzche" es ene total läppsche Comic, un der Rodrick weiß, wie ärg ich dä hasse. Ich gläuve, dat es et vierte Mol hingerenander, dat e mer su e „Et Kleine-Ditzche"-Boch geschenk hät.

Ich han der Mamm un dem Papp ehr Geschenke gegovve. Ich holle denne jedes Johr derselve Krom, ävver Eldere fahre op esu jet av.

Irgendwann trof der Ress vun der Verwandtschaff en un dann kom och der Ühm Charlie an Land.

Der Ühm Charlie hatt ene große Müllsack voll met Geschenke bei sich un hät et minge bovven erusgetrocke.

De Verpackung hatt genau de richtige Größe un Form för e „Twisted Wizard"-Videospill. Ich woss alsu, dat der Ühm Charlie mich nit em Stech geloo-ße hatt. De Mamm heeldt de Kamera parat un ich han de Verpackung opgeresse.

Ävver et wor bloß e 20 x 30 cm groß Bild vum Öhm Charlie.

Ich gläuve, ich kunnt nit esu god üvverspille, dat ich enttäusch wor, un de Mamm kräht de Begovung. Ich kann bloß sage, ich ben froh, dat ich noch ene Panz ben, dann wann ich mer die Zoot Geschenke beluure, die de Große krige, künnt ich, gläuve ich, nit esu dun, als dät ich mich freue.

Alsu ben ich op mi Zemmer gegange, för jet Avstand zo han. E paar Minutte späder dät der Papp an de Dür kloppe. Hä saht, si Geschenk för mich wör drusse en der Garage, un dat deswäge, weil et zo groß för Enzopacke gewäs wör.

Un wie ich erav en de Garage kom, stundt do e nagelneu Langhantelset.

Dat Dinge muss e Vermöge gekoss han. Ich han et nit üvver et Hätz gebraht, dem Papp zo sage, dat ich de Loss am Geweechhevve verlore han, zick mer vörrige Woch mem Wrestling-Ungerrich opgehoot han. Dröm han ich einfach nor „Danke" gesaht.

Der Papp hät, gläuve ich, gedaach, ich dät mich direk hinläge un e paar Übunge maache, ävver ich han mich einfach entschuldig un ben widder erengegange.

Drei Stund späder wor de Verwandtschaff widder fott.

Ich soß op der Couch un wor dem Manni am Zoluure, wie hä met singe ganze Spillsaache am Spille wor, un hatt et ärme Dier. Dann kom de Mamm bei mich un saht, se hätt hinger dem Klavier noch e Geschenk met mingem Name drop gefunge: „Vum Zinter Kloos."

De Verpackung wor zo groß för „Twisted Wizard“, ävver de Mamm hatt letz Johr ald ens dä Trick met dä zo große Verpackung gebraht, wie se mer en Speicherkaat för ming Spillkonsol gekauf hät.

Su han ich de Verpackung opgeresse un mi Geschenk erusgehollt. Ävver et wor och nit „Twisted Wizard“. Et wor ene riesige rude Wollpullover.

Zoeesch daach ich, dat de Mamm mich irgendwie för der Jeck halde wollt, weil dä Pullover genau esu ussoch wie dä, dä mer för unse Gabebaum-Tuppes gekauf hatte.

Ävver de Mamm soch och zemlich durchenein us. Se saht, se hätt mer wirklich e Videospill gekauf un hätt kein Ahnung, wat dä Pullover en däm Päckche verlore hätt.

Dann han ich et begreffe. Ich han der Mamm verklört, dat et do bestemmp en Verwähßlung gegovve hät. Ich hatt dat Geschenk för dä Gabebaum-Tuppes kräge un dä et Minge.

De Mamm saht, se hätt et selve Papier för alle zwei Geschenke benötz un hatt wall de Name op dä Käätcher vertuusch.

Doch dann saht de Mamm, dat dat doch jet Godes wör, weil dä Gabebaum-Tuppes bestemmp richtig fruh wör, dat e su e doll Geschenk kräge hätt.

Ich moot ehr usenanderläge, dat mer en Spillkonsol un en Äugelskess broht, för „Twisted Wizard" zo spille, dröm künnt e met däm Spill üvverhaup nix aanfange.

Wann mi Weihnachte och nit esu doll verlaufe es, wor et för dä Gabebaum-Tuppes bestemmp noch schläächter.

Ich han beschlosse, wat dis Johr Weihnachte aangeiht, et Handdoch zo werfe, un ben nohm Rupert erüvvergegange.

Ich han vergesse, dem Rupert e Geschenk zo kaufe, su han ich einfach ene Schlopp op dat „Et Kleine Ditzche"-Boch, dat der Rodrick mer geschenk hät, geschmack.

Dat kom ganz god aan.

Dem Rupert sing Eldere han jet an de Föß, su kann ich immer op e god Geschenk zälle.

Ävver der Rupert saht, dat e dis Johr mi Geschenk selver usgesok hät. Dann es e met mer erusgegange, för et mer zo zeige.

Noh däm Buhei, dä der Rupert deswäge maht, daach ich, hä hätt mer en Flachbildschirm-Äugelskess oder e Moped oder esu jet gekauf.

Ävver widder ens hatt ich mer zo vill erhoff.

Der Rupert hät mer e Big-Wheel-Dreiradd gekauf. Em drette Schulljohr wör dat bestemmp e richtig cool Geschenk gewäs, ävver jetz weiß der leeve Himmel, wat ich domet soll.

Ävver der Rupert wor esu aangedon, dat ich mi Bess gedon han, för esu zo dun, als dät ich mich freue.

Mer sin widder erengegange, un der Rupert hät mer gezeig, wat e all zo Weihnachte kräge hät.

Hä hät op jede Fall vill mih Krom kräge wie ich. Hä hät esugar „Twisted Wizard" gekräg, su kann ich dat winnigstens bei im spille. Dat heiß, bes singe Papp merk, wie brutal et es.

Un ich sage üch, ich han noch nie einer su glöcklich gesinn wie der Rupert met singem „Et Kleine Ditzche"-Boch. Sing Mamm hät gesaht, et wor et einzige Geschenk op singem Zeddel, dat e nit kräge hät.

Winnigstens EINER hät hügg kräge, wat e sich gewünsch hät.

Silvester

Falls ehr üch wundert, woröm ich öm nüng Uhr am Silvesterovend op mingem Zemmer hocke, dun ich et üch verzälle.

Evvens han der Manni un ich uns em Keller verkamesölt. Ich han om Teppich ene kleine schwatze Fusel gefunge un han dem Manni gesaht, dat wör en Spenn.

Dann han ich dä Fusel üvver si Geseech gehalde un esu gedon, als ov ich en zwinge dät, en zo esse.

Grad wie ich der Manni lossloolße wollt, hät e mer gäge de Hand gehaue un ich han dä Fusel falle looße. Und ich gevven üch zo rode, wat dann passeet es. Die Tronskann hät en verschleck!

No jo, der Manni hät en Aap kräge. Hä es eropgelaufe bei de Mamm, un ich woss, jetz wor ich richtig en der Bredouille.

Der Manni hät der Mamm gesaht, ich hätt en gezwunge, en Spenn zo esse. Ich han gesaht, et wör gar kein Spenn do gewäs, nor ene kleine Fusel.

De Mamm es mem Manni nohm Köchedesch gegange. Dann hät se ene Some, en Rusing un en Druuv op ene Teller gelaht un dem Manni gesaht, hä sollt op dat zeige, wat der Größe vun däm Fusel, dä hä verschleck hätt, am nöchste köm.

Der Manni hät sich en Zigg lang die Saache op däm Teller angeluurt.

Dann es e nohm Iesschrank gegange un hät en Appelsin erusgehollt.

No jo, un dröm han se mich öm sibben Uhr nohm Bedd gescheck, un ich ben nit unge et Silvester-Special en der Äugelskess am Luure.

Un dröm es och minge einzige Vürsatz för et nächste Johr, nit mih mem Manni zo spille.

Meddwoch

Jetz weiß ich, wat ich met däm Big Wheel, dat der Rupert mer zo Weihnachte geschenk hät, maache kann. Ich han mer do su e Spill enfalle looße, bei däm dä ein der Berg eravfäht un dä andere versök, en met enem Football avzoscheeße.

Der Rupert wor et eesch draan mem Der-Berg-Eravfahre un ich han geworfe.

Et es vill schwerer, wie ich daach, e Ziel zo treffe, dat sich bewäg. Usserdäm kom ich nit vill zom Übe. Der Rupert broht zehn Minutte, för dat Big Wheel noh jeder Avfaht widder der Berg eropzodäue.

Der Rupert wollt luuter tuusche un mich och ens dat Big Wheel fahre looße, ävver ich ben jo nit betitsch. Dat Dinge brängk et op fuffzig Saache un hät kein Bremse!

No jo, mer es et hügg kei einzig Mol geflupp, der Rupert vum Big Wheel eravzoschmieße. Ävver su han ich för der Ress vun de Weihnachtsferie winnigstens jet zo dun.

Donnersdag

Ich wollt hügg widder bei der Rupert gonn, för dat Big-Wheel-Spill zo spille, ävver de Mamm hät gesaht, ich mööt zoeesch ming Weihnachts-Dankbreefe schrieve, ih dat ich irgendwo hergonn künnt.

Ich daach, dat ging wie am Schnürche en ener halve Stund, ävver wie et tatsächlich an et Schrieve ging, hatt ich e Bredd vörm Kopp.

Et es ech nit leich, sich för Saache zo bedanke, die mer üvverhaup nit han wollt.

Ich fing met de Nit-Pluute-Saache aan, weil ich daach, dat dät mer leichter falle. Ävver noh zwei oder drei Breefe han ich gemerk, dat ich jedes Mol mih oder winniger et selve geschrevve hatt.

Dröm han ich om Computer e Musterschrieve geknuv un üvverall do, wo ich jet ändere moot, jet frei gelooße. Donoh woren die Breefe em Rubbedidupp fäädig.

Leev Tant Lydia,

Ich dun mich ärg bedanke för dat dolle Lexikon !
Woher häs do gewoss, dat ich mer genau dat zo Weihnachte gewünsch han?

Dat Lexikon süht en mingem Regal ech super us!

Ming ganze Fründe weede neidisch, weil ich mi eige Lexikon han.

Ich dun mich fies bei dir bedanke för et beste Chressdagsfess üvverhaup!

Dinge Greg

För die eeschte paar Geschenke hät dat ganz god geflupp, ävver irgendwann nit mih su god.

Leev Tant Loretta,

Ich dun mich ärg bedanke för dat dolle Botz !
Woher häs do gewoss, dat ich mer genau dat zo Weihnachte gewünsch han?

Dat Botz süht en mingem Bein ech super us!

Ming ganze Fründe weede neidisch, weil ich mi eige Botz han.

Ich dun mich fies bei dir bedanke för et beste Chressdagsfess üvverhaup!

Dinge Greg

Friedag

Ich han et hügg endlich geschaff, der Rupert vum Big Wheel eravzoschmieße, ävver et leef nit esu, wie ich gedaach hatt. Ich wollt en an der Scholder treffe, ävver ich han donevvegeschosse un dä Football es unger singem Vorderradd gelandt.

Der Rupert hät versok, singe Stooz met de Ärme avzofange, es ävver dobei zemlich ööntlich op de linke Hand geknallt. Ich daach, hä gitt sich ene Däu un steig widder op et Dreiradd. Ävver gebacke Prumme.

Ich wollt en opheitere, ävver die Wetz, üvver die hä för normal laach, däten et nit.

Do han ich dran gemerk, dat e sich ööntlich wih gedon han moot.

Mondag

De Weihnachtsferie sin am Eng, hügg fängk de Schull widder aan. Un ehr entsennt üch noch an dä Dreiradd-Unfall vum Rupert? Hä hät sich de Hand gebroche. Jetz muss e ne Gips drage. Un hügg han se all öm en eröm gestande, als ov hä ne Held wör.

Ich han versok, jet dovun zo profitiere, dat der Rupert jetz esu belieb wor, ävver dä Schoss es noh hinge lossgegange.

Beim Meddagesse han e paar Mädcher der Rupert an ehre Desch engelade, för en zo FÖÖDERE.

Wat mich am mieste dodran opräg, es, dat der Rupert Räächshänder es un sich de LINKE Hand gebroche hät! Hä kann sich alsu ohne Probleme selver föödere.

Dinsdag

Dat Dinge met dä Verletzung vum Rupert, fung ich, wor ene klasse Drih. Dröm han ich beschlosse, dat et Zigg woodt, en eige Verletzung zo han.

Doheim han ich en Mullbind gefunge un se mer öm ming Hand geweckelt.

Ich kräht nit erus, woröm die Mädcher nit esu öm mich eröm schwärme däte wie beim Rupert, ävver dann feel dä Grosche.

Su ne Gips es en super Idee, weil jeder singe Name dropschrieve well. Ävver et es nit grad e Kinderspill, met nem Kuli op en Mullbind zo schrieve.

Dröm han ich mer jet anderes enfalle looße. Un dat fung ich, ihrlich gesaht, zemlich god!

Ävver dat es och total en de Botz gegange. Minge Verband hät zwor bei e paar Lück Furore gemaht, ävver leider bei de verkehte.

Mondag

Vörrige Woch ging et neue Halvjohr loss, un mer han jetz en Hääd neu Fächer. Ei Fach, dat ich gewählt han, heiß „Unavhängige Gruppenarbeid".

Ich WOLLT eintlich Huusweetschaffslihr 2 nemme, weil ich en Huusweetschaff 1 ganz god wor.

Ävver nihe zo künne, brängk einem als Jung en der Schull nit unbedingk Beliebheitspunkte en.

Jedenfalls es dä „Unavhängige Gruppenarbeids"-Krom e Experiment, dat se bei uns an der Schull et eeschte Mol usprobiere.

Die Idee es, dat de Klass e Projek kritt un mer dann en Gruppe ganz ohne Lehrer et ganze Halvjohr dodran arbeid.

Dä Hoke es, dat se am Eng all en dä Grupp deselve Not krige. Ich han gehoot, dat der Ricky Fischer en minger Grupp es, dat künnt e Problem sin.

Der Ricky es för sujet bekannt, dat e för e Beispill ene aale Käues unger dem Pult avkratz un en wiggerkäut, wann de im fuffzig Cent giss. Ich maache mer alsu kein große Hoffnunge, wat uns Not aangeiht.

Dinsdag

Hügg ha' mer uns Aufgabe för de Gruppearbeid kräge, un jetz gevve ich üch zo rode, wat es es. Mer sollen ene Roboter baue!

Zoeesch krähte mer all de Begovung, weil mer gedaach han, mer mööte dä Roboter vun Grund op baue.

Ävver der Mr Darnell hät uns usenanderposementeet, dat mer gar keine richtige Roboter baue mööte. Mer solle uns bloß üvverläge, wie su ene Roboter ussinn künnt un wat e künne soll.

Dann es e erusgegange un mir woren op uns allein gestallt. Mer han aangefange, Idee zo sammele. Ich han ene Püngel Vürschläg an de Tafel geschrevve.

Die andere wore zemlich vun de Söck wäge minge Idee, ävver dat wor einfach, op esu jet zo kumme. Ich han einfach sämpliche Saache opgeschrevve, die ich selver nit gään maache.

Ävver e paar Mädcher sin noh vürre an de Tafel gegange un die hatte ehr eige Idee. Se han ming Liss avgeputz un ehre eige Plan opgeschrevve.

Se wollten ene Roboter, dä einem Fisternölltipps gitt un zehn Zoote Lipgloss en de Fingerspetze engebaut hatt.

Mer Junge heeldte dat all för de blödste Idee, die mer je gehoot hatte. Dröm ha' mer uns en zwei Schmölzcher opgedeilt: Junge un Mädcher. De Junge sin op de ander Sigg vum Zemmer gegange, un de Mädcher han erömgestande un de Schnüss geschwaadt.

Jetz, wo mer all die zosammehatte, die äänshaff metarbeide wollte, lahte mer loss. Einer hatt die Idee, dat dä Roboter ene Name widderholle künnt, wa' mer im eine säht.

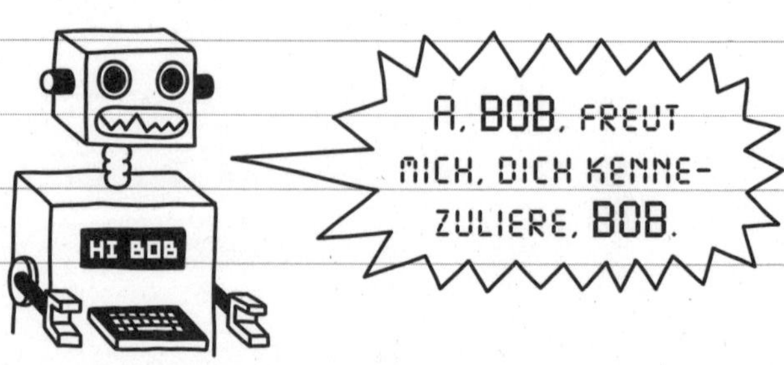

Ävver dann maht einer drop opmerksam, dat mer kein wölle Wööd als Name nemme künne sollt, weil dä Roboter nit fluche dörf. Dröm ha' mer beschlosse, en Liss met wölle Wööd zo maache, die dä Roboter nit künne sollt.

Uns sin die ganze normale wölle Wööd engefalle, ävver dann woss der Ricky Fischer noch zwanzig mih, die mir andere noch nie gehoot hatte.

Su woodt der Ricky am Eng eine vun de wertvollste Metarbeider an däm Projek.

Koot ih dat et schelle dät, kom der Mr Darnell widder öm en de Klass, för zo luure, wie wigg mer gekumme wore. Hä hät sich dä Zeddel, wo mer drop am Schrieve wore, genomme un en sich durchgelese.

Koot un god, de „Unavhängige Gruppenarbeid" es för dis Halvjohr gestreche.

No jo, winnigstens för uns Junge. Wann alsu en der Zokunf de Roboter all met Lipgloss an de Fingerspetze erömlaufe, dann wesst ehr winnigstens, wie et dozo gekumme es.

Donnersdag

Hügg gov et en Schullversammlung, wo se uns dä Film „Klasse, dat ich ich ben!" gezeig han. Dä zeige se uns jedes Johr.

En däm Film geiht et dröm, dat mer met sich selver zofridde sin soll un nit versöke soll, sich zo ändere.

För ihrlich zo sin, finge ich, dat dat en total bestusste Botschaff för Pänz es, vör allem för die an minger Schull.

Donoh han se aangekündig, dat noch Schülerlotse gesok weede. Dat hät mich op en Idee gebraht.

Wann sich einer met enem Schülerlotse aanläht, kann e doför vun der Schull fleege. Su wie ich dat sinn, kann ich jet Extra-Schotz god gebruche.

Usserdäm es mer opgegange, dat mer ene Poste als Autoritätsperson god dät.

Ich ben en et Bürro vum Mr Winter gegange un han mich aangemeldt, un der Rupert han ich och dozo kräge. Ich daach, mer mööte för der Mr Winter en Rötsch Kneebeuge oder Liegestütz oder irgendjet maache, för zo zeige, dat mer för dä Job god wöre, ävver hä hät uns direk uns Gurte un Marke gegovve.

Der Mr Winter hät gesaht, hä wollt uns ene Sonderopdrag gevve. Direk nevven unser Schull es de Grundschull un do es ene Halvdags-Kindergaade dren.

Hä well, dat mer de Kindergaade-Pänz meddags noh Hus bränge. Ich han direk kapeet, wat dat heiß: Mer verpasse zwanzig Minutte vun Mathe! Der Rupert hät dat wall och begreffe un wollt ald jet sage. Ävver ich han en unger dem Desch ärg fies gepetsch, ih dat e singe Satz zo Eng bränge kunnt.

Ich kunnt mi Glöck gar nit begriefe. Ich krige op eine Schlag Kamesöl-Schotz un en Entschuldigung för de halve Mathestund, ohne och bloß eine Finger kromm zo maache.

Dinsdag

Hügg wor unse eeschte Dag als Schülerlotse. Ich un der Rupert han kein faste Statione wie die ander Schülerlotse, dröm müsse mer och nit met dä andere en Stund vür der Schull en der Käld stonn.

Ävver dat hät uns nit dovun avgehalde, uns dä heiße Kakao zo holle, dä se för lau vür der eeschte Stund an de Schülerlotse verdeile.

Wat och noch ene klasse Nevveneffek es: Mer künne zehn Minutte späder en der eeschte Stund kumme.

Ich han der Vugel avgeschosse met däm Schüler-lotse-Dinge!

Öm Veedel op zwölf sin ich un der Rupert us der Klass gegange, för die Kindergaade-Pänz noh Hus zo bränge. Die ganze Saach hät en Dreiveedelstund geduurt, un wie mer widder do wore, hatte mer bloß noch zwanzig Minutte Mathe.

Die Pänz heimzobränge, wor kei Problem. Ävver eins vun dä Köttele fing aan, jet eige zo rüche, un ich daach, villleich wor jet en de Botz gegange.

Hä wollt et mer sage, ävver ich han einfach gradus geloot un ben wiggergegange. Ich bränge die Ströpp noh Hus, ävver gläuvt et mer, för de Win-dele zo wähßele han ich mich nit gemeldt.

Meddwoch

Hügg hät et et eeschte Mol geschneit dise Winter un de Schull es usgefalle. Mer hätte eintlich en Mathearbeid schrieve solle, ävver zickdäm ich Schülerlotse ben, han ich Mathe jet schleife looße. Su wor ich opgedriht.

Ich han der Rupert aangerofe un im gesaht, dat e erömkumme soll. Ich un hä schwaade ald zick e paar Johr dovun, der größte Schneimann op der Welt zo baue.

Un wann ich der größte Schneimann op der Welt sage, verzälle ich keine Käu. Mer wolle domet en et „Guinnessbuch der Rekorde".

Ävver jedes Mol, wa' mer äänshaff met däm Rekordversök aanfange wollte, es dä ganze Schnei geschmolze un der Winter wor am Eng. Dis Johr wollt ich dröm beizigge lossläge.

Wie der Rupert do wor, ha' mer direk aangefange, der eeeschte Schneiball zo rolle. Ich han usgerechent, dat dä ungere Schneiball mindestens drei Meter breid sin moot, wa' mer versöke wollte, der Rekord zo breche. Ävver dä Schneiball woodt richtig schwer, un mer moote zwesche de Bahne luuter ens räste, för zo Odem zo kumme.

Wie mer uns grad am Räste wore, kom de Mamm erus, för enkaufe zo fahre, ävver unse Schneiball wor em Wäg. Su hät se uns ein Bahn avgenomme.

Noh dä Paus han ich un der Rupert dä Schneiball gerollt, bes et nit mih ging. Do ha' mer hinger uns geloot un dä Dress gesinn, dä mer gemaht hatte.

Dä Schneiball wor esu schwer gewoode, dat e dä ganze Rase metgenomme hät, dä der Papp em Hervs usgelaht hatt.

Ich han gehoff, et däte noch e paar Zentimeter Schnei falle, för uns Spure zo verdecke, ävver do hoot et einfach esu op zo schneie.

Unse Plan, der größte Schneimann op der Welt zo baue, wor drop un draan, en de Botz zo gonn. Do feel mer jet Besseres för unse Schneiball en.

Immer, wann et schneit, kumme die Pänz us der Whirley Street, för op unsem Berg Schlitte zo fahre, och wann se gar nit hee us der Gägend sin.

Dat heiß, morge, wann die Pänz us der Whirley Street unse Berg eropgetalp kumme, dun ich un dä Rupert dä Puute ens zeige, wat de Botter koss.

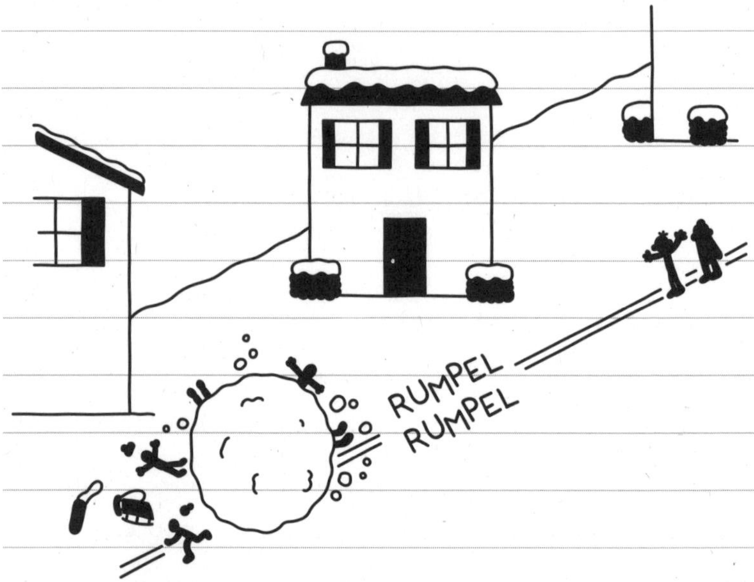

Donnersdag

Wie ich hügg morge wach gewoode ben, hatt der Schnei ald aangefange zo schmelze. Dröm han ich der Rupert aangerofe un gesaht, hä soll flöck bei mich kumme.

Wie ich op der Rupert am Waade wor, han ich dem Manni dobei zogeluurt, wie e versök hät, us dä paar läppsche Fitzcher Schnei, die noch vun unsem Schneiball üvverig geblevve wore, ene Schneimann zo baue.

Es wor för et ärme Dier zo krige.

Ich kunnt einfach nit anders, wie dat zo dun, wat ich dann gedon han ... Blöderwies hät der Papp grad en däm Augebleck usem Finster geluurt.

Der Papp wor VÜRHER ald wödig op mich, weil ich singe Rase kapodd gemaht hatt, do woss ich, ich wor draan! Ich hoot, wie de Garagepooz opging. Der Papp kom met ener Schneischöpp aanmarscheet, un ich daach ald, ich sollt jetz besser flöck tirre gonn.

Ävver der Papp es op minge Schneiball aangegange, nit op mich. Un en ener knappe Minutt ging uns ganze haad Arbeid zom Truur.

Der Rupert kom e paar Minutte späder. Ich daach, hä füng villleich esugar Spass an däm, wat passeet wor.

Hä hatt sich wall ech drop gefreut, dä Schneiball der Berg eravrolle zo looße, un wor richtig wand-rosig. Ävver gläuvt ehr't? Der Rupert wor wödig op MICH, för jet, wat der PAPP gedon hät.

Ich han dem Rupert gesaht, hä sollt sich nit be-nemme wie e Babaditzche, un mer han uns gägesiggig gedäut. Mer wore drop un dran, uns richtig zo kame-söle, do woodte mer usem Hingerhald aangegreffe.

Et wor ene Bletzüvverfall vun dä Whirley Street Puute.

Un wann ming Lehrerin, de Mrs Levine, dobei gewäs wör, hätt se bestemmp gesaht, die ganze Situation hätt jet „Ironisches".

Meddwoch

Hügg han se en der Schull aangekündig, dat se ene Comiczeichner för de Schülerzeidung söke. Et gitt bloß Plaatz för eine Comic. Un bes jetz hatt dä ene Jung namens Brian Littel ganz för sich allein gepaach.

Dem Brian singe Comic heiß „Verdötschte Möpp" un aanfangs wor dä sugar richtig löstig.

Ävver en der letzte Zigg hät der Brian singe Comic immer öfter för singe persönliche Krom messbruch. Ich nemme aan, deswäge han se en geschass.

Wie ich dat gehoot han, woss ich: Ich muss mich bewerbe. Durch singe „Verdötschte Möpp" es der Brian an unser Schull total berühmp gewoode un ich wollt, dat dovun jet op mich avfärv.

Ich hatt en Ahnung dovun, wie et sich aanföhlt, en minger Schull berühmp zo sin, wie ich bei su enem Anti-Raucher-Weddbewerb lobend erwähnt woode ben.

Un dobei han ich bloß e Bild us einem vum Rodrick singe Heavy-Metal-Hefte avgepaus, ävver dat hät zom Glöck keiner gemerk.

Dä Jung, dä der eeschte Platz gemaht hät, heiß Chris Carney. Un wat mich opräg, es, dat dä Chris mindestens ein Packung am Dag rauch.

Donnersdag

Ich un der Rupert han beschlosse, zosamme ene Comic zo maache. Noh der Schull es e dröm met bei mich gekumme un mer han uns an et Arbeide gegovve.

Mer han zemlich flöck en Hääd Figure erfunge – ävver dat wor, wie sich erusgestallt hät, dä einfache Deil. Ävver wie et dröm ging, uns Wetz enfalle zo looße, hatte mer e Bredd vürm Kopp.

Schleeßlich es mer en geniale Lösung engefalle.

Ich han ene Comic erfunge, bei däm der Poäng jedes Mol „Au wih, Mama!" es.

Su moote mer uns nit domet ophalde, echte Gags zo schrieve, un kunnte uns op de Bilder konzentriere.

Bei de eeschte paar Comics han ich geschrevve un gemolt un der Rupert hät de Rahme drömeröm getrocke.

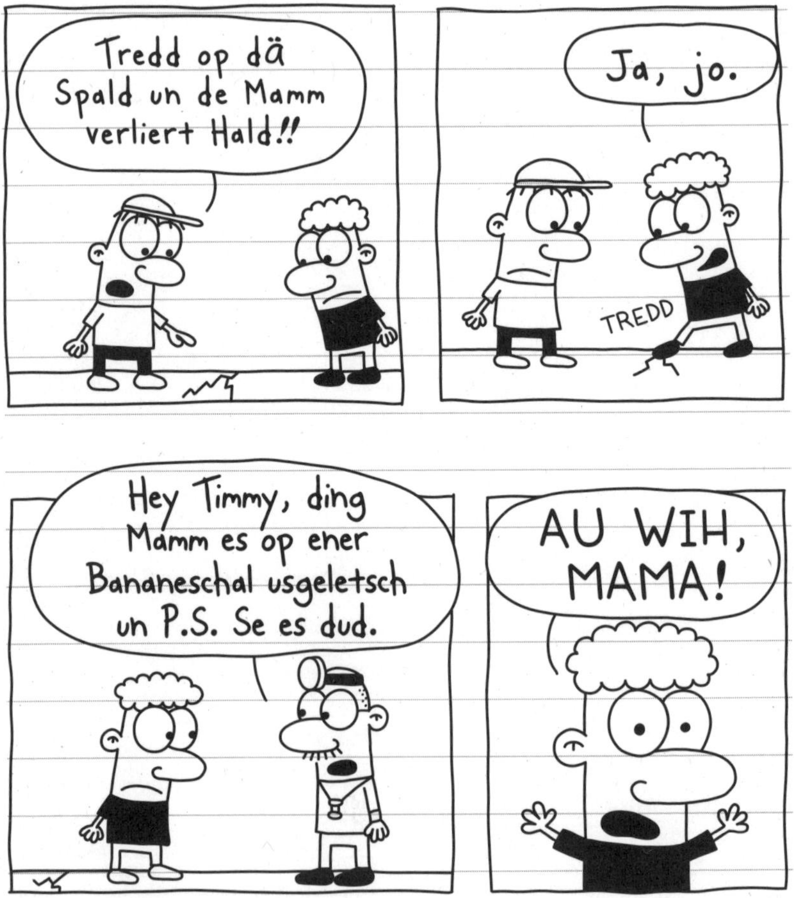

Der Rupert fing aan, sich zo beschwere, dat e nit genog zo dun hatt. Dröm leet ich en e paar Comics schrieve.

Ävver ihrlich gesaht, hät de Qualität vun dä Comics fies nohgelooße, wie der Rupert et Schrieve üvvernomme hät.

Irgendwann woodt mer dä ganze „Au wih, Mama"-Dress zo läppsch un ich han die ganze Saach mih oder winniger dem Rupert üvverlooße.

Ov ehr et gläuvt oder nit, der Rupert molt noch schläächter, wie e schriev!

Ich han dem Rupert gesaht, dat mer uns villleich jet Neues enfalle looße sollte, ävver hä wollt wigger „Au wih, Mama"-Comics schrieve. Dröm hät e sing Comics engepack un es noh Hus gegange, wat mer ävver zopass kom. Ich bruche keine Partner, dä kein Nase molt.

Friedag

Wie der Rupert gester fott wor, ging et ech vörran met de Comics. Ich han en Figur namens „Döres, dat Döppe" erfunge un et leef wie vun selver.

DÖRES DAT DÖPPE vum Greg Heffley

Ich han bestemmp zwanzig Comics erusgehaue, usem Lamäng.

Et Beste an dä „Döres dat Döppe"-Comics es, bei all dä Dötschemänner op minger Schull geiht mer NIE der Stoff us.

Wie ich hügg en der Schull wor, ben ich met minge Comics nohm Bürro vum Mr Ira gegange. Dat es dä Lehrer, dä de Schülerzeidung erusgitt.

Ävver wie ich ming Comics avgevve wollt, han ich gesinn, dat e ald ene Püngel Comics vun ander Pänz, die sich öm dä Job bemöhte, do lige hatt.

De mieste wore zemlich schlääch, dröm han ich mer wäge der Konkurrenz nit allzo vill Gedanke gemaht.

Eine Comic heeß „Bestusste Lehrer", vun enem Jung namens Bill Tritt.

Der Bill muss luuter nohsetze, deswäge hät e, gläuv' ich, met jedem Lehrer op der Schull ene Esel zo kämme, mem Mr Ira inklusive.

Ich gläuve dröm och nit, dat dem Bill singe Comic vill Chance hät.

Et gov esugar ein ov zwei ööntliche Comics. Ävver die han ich zwesche dä Papierkrom om Mr Ira singem Schrievdesch gedaut.

Hoffentlich tauche die nit iher op, bes ich op der Highschool ben.

Donnersdag

Hügg han se bei de Schullaankündigunge die Nachrich durchgesaht, op die ich gewaadt hatt.

Die Zeidung kom en der Meddagspaus erus un all wore se se am Lese.

Ich wollt mer ald e Exemplar genomme han, för minge Name gedrock zo sinn, ävver dann han ich beschlosse, en Zigg lang eine op cool zo maache.

Ich han mich an et Eng vum Desch gesatz, domet ich genog Plaatz hätt, för Autogramme för ming neu Fans zo ungerschrieve. Ävver keiner kom bei mich, för mer zo sage, wie super minge Comic wor, un ich kräht dat Geföhl, irgendjet dät nit stemme.

Dröm han ich mer en Zeidung geschnapp un ben domet nohm Höffche, för nohzoluure. Un wie ich minge Comic gesinn han, es mer baal der Plagge engeschlage.

Der Mr Ira hatt mer gesaht, hä hätt e „paar klein Änderunge" an däm Comic vürgenomme. Ich daach, hä meint', hä hätt Schrievfähler korrigeet un esu jet, ävver hä hät alles verschängeleet.

Dä Comic, dä hä versaut hät, wor och noch eine vun minge Favoritte. Em Orgenal schriev der Döres en Mathearbeid un iss se us Versinn op. Dann bröllt en der Lehrer aan, weil e su ene Dötschemann es.

Ävver nohdäm der Mr Ira en parat geknuv hatt, wor e gar nit mih widderzokenne.

Döres dä fließige Schüler vum Gregory Heffley

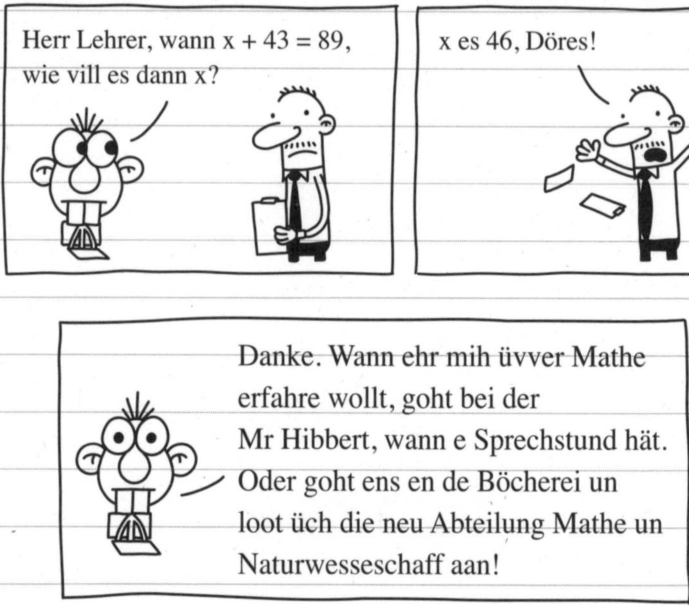

No jo, ich gläuv', en der nächste Zigg bruche ich nit vill Autogramme zo ungerschrieve.

Meddwoch

Ich un der Rupert wore en der Cafeteria met dä ander Schülerlotse unse Kakao am Drinke, wie en Lautsprecherdurchsag kom.

Der Rupert es nohm Mr Winter en et Bürro un wie e en Veedelstund späder widderkom, soch e zemlich fäädig us.

Schings hät irgendeiner beim Mr Winter aangerofe un gesaht, der Rupert wör gesinn woode, wie e de Kindergaade-Pänz beim Heimbränge „terroriseet" hätt. Der Mr Winter wor richtig wödig deswäge.

Der Rupert hät gesaht, der Mr Winter hätt en ungefähr zehn Minutte aangeranz un gesaht, si Benemme wör „en Schand för si Amp".

Do fällt mer en, ich weiß villleich, wo et dröm geiht. Vörrige Woche hatt der Rupert en der vierte Stund en Pröfung, dröm han ich die Kindergaade-Pänz allein noh Hus gebraht.

Et hatt gerähnt an däm Morge un om Trottoir däte üvverall Rähnwürm erömkruffe. Do han ich beschlosse, mich met dä Quös jet zo amesiere.

En Frau us der Nohberschaff hät mich ävver dobei gesinn un mich vun ehrer Huusdür us aangeblök.

Et wor de Mrs Irvine, die mem Rupert singer Mamm god Fründ es. Se hät mich wall mem Rupert verwähßelt, weil ich däm sing Jack aanhatt. Un ich han och em Draum nit dran gedaach, dat richtig zo stelle.

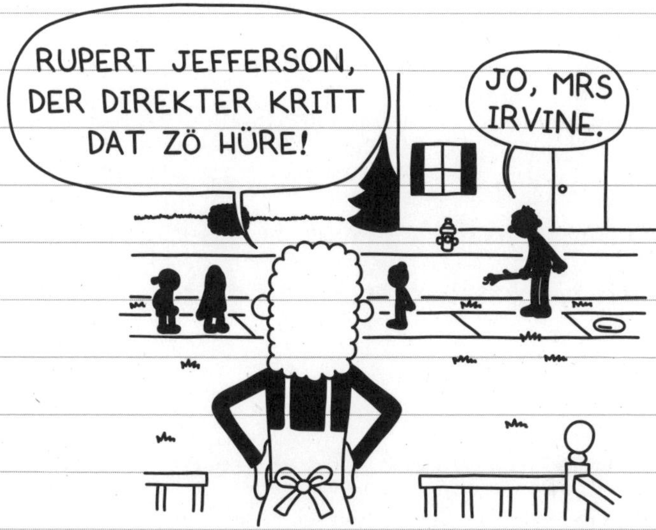

Ich hatt dat ganze Kreppche ald widder ganz vergesse – bes hügg.

Kootöm, der Mr Winter hät för der Rupert gesaht, dat e sich morge bei dä Kindergaade-Pänz entschuldig, un hä wör för ein Woch vum Deens suspendeet.

Ich woss, ich sollt dem Mr Winter eintlich sage, dat ich et wor, dä die Pänz met Würm gejag hät. Ävver ich wollt die Saach noch nit opkläre. Dann wann ich dat bichte, krige ich keine heiße Kakao mih. Dat wor ald Grund genog, eesch ens de Muul zo halde.

Hügg beim Ovendesse hät ming Mutter gemerk, dat mich irgendjet ploge dät. Dröm es se donoh bei mich eropgekumme, för met mer dodrüvver zo schwaade.

Ich han ehr gesaht, dat ich en ener Zweckmüll steche un nit wöss, wat ich dun sollt.

Ich muss et der Mamm huh aanrechne, wie se dat aangepack hät. Se hät nit nohgehok, för sämpliche Einzelheite zo erfahre. Se hät bloß gesaht, ich soll versöke, „et Richtige" zo dun, dann uns Entscheidunge bestemme, wä mer sin.

Dat hoot sich noh enem zemlich vernünftige Rod aan, fung ich. Ävver ich ben mer immer noch nit 100 % secher, wat ich morge dun soll.

Donnersdag

No jo, ich han mich wäge däm Kreppche mem Rupert de ganze Naach em Bedd hin un her gewälz. Ich han beschlosse, dat et et Richtige es, dem Rupert eesch ens et Feld zo üvverloße.

Om Heimwäg han ich mem Rupert reine Desch gemaht un im dat ganze Kreppche verzallt, dat ich dat wor, dä die Pänz met de Würm gejag hät.

Dann han ich för en gesaht, dat mer alle zwei jet dodrus liere künnte. Ich saht, ich hätt geliert, vürsichtiger zo sin, wat ich vür der Huusdür vun der Mrs Irvine dun, un dat hä och en nötzliche Lektion geliert hätt: Liehn nit jedem Jeck ding Jack!

Ävver ihrlich gesaht, kom ming Botschaff beim Rupert nit esu richtig aan.

Mer wollte eintlich noh der Schull zosamme avhänge, ävver hä saht, hä wollt leever noh Hus gonn un sich jet räste.

Ich kunnt et im nit verdenke. Wann ich dise Morge minge Kakao nit kräge hätt, wör ich och ganz schön beet gewäs.

Wie ich heim kom, wor de Mamm ald an der Huusdür op mich am Waade.

De Mamm es met mer Ies esse gegange als Belohnung. Wat ich us dä ganze Saach geliert han, es, dat et av un zo gar nit esu verkeht es, op sing Mutter zo hüre.

Dinsdag

Hügg gov et widder en Lautsprecherdurchsag, un ihrlich gesaht, han ich et irgendwie gewoss, dat dat kumme moot.

Ich woss et, üvver koot oder lang wöödt ich för die Saach vun letzter Woch zosammegestauch.

Wie ich en et Bürro vum Mr Winter kom, soch e zemlich wödig us. Hä saht, en „anonyme Quell" hätt en informeet, dat ich en Wirklichkeit hinger däm Kreppche met dä Würm steche.

Dann saht e, ich wör „frisslos" vum Schülerlotsedeens entlasse.

No jo, mer muss keine Privatdedektiv sin, för eruszokrige, dat die anonyme Quell der Rupert wor.

Ich kann et nit gläuve, dat der Rupert mer su en der Rögge gefalle es! Wie ich esu beim Mr Winter soß un vun im der Möpp geschürt kräht, daach ich mer nor, ich muss mingem Fründ en Lektion zom Thema Loyalität erdeile.

Späder am Dag woodt der Rupert widder als Schülerlotse engesatz. Un nit nor dat: Hä es BEFÖRDERT woode. Der Mr Winter saht, der Rupert hätt „Haltung trotz falsche Verdächtigunge" gezeig.

Ich hatt ald vür, dem Rupert ööntlich eine enzoscheppe doför, dat e mich en de Pann gehaue hät. Ävver dann es mer jet engefalle.

Em Juni fahre sämpliche Schülerlotse en der Freiziggpark un se dürfe ene Fründ metnemme. Ich muss dem Rupert klor maache, dat ICH singe Mann ben.

Dinsdag

Wie ald gesaht, et Schlemmste dodran, dat ich als Schülerlotse geschass woode ben, es, dat ich keine Kakao mih krige.

Jede Morge gonn ich an de Hingerdür vun der Cafeteria vörbei un hoffe, dat der Rupert mer ene Becher organiseet.

Ävver minge Fründ es entweder dauv gewoode oder hä hät zo vill domet zo dun, dä ander Lotse en de Fott zo kruffe, för mich am Finster zo sinn.

Jetz wo ich drüvver nohdenke, hät der Rupert mich en letzter Zigg TOTAL geschnedde. Un dat es doch ene Wetz, dann wann ich mich richtig entsenne, hät HÄ MICH en de Pann gehaue, oder?

Och wann der Rupert en letzter Zigg ene richtige Blötschkopp wor, han ich hügg trotzdäm versok, et Ies zo breche. Ävver selvs DAT dät nit fluppe.

Friedag

Zick däm Dinge met dä Rähnwürm hängk der Rupert jetz jede Nommedag mem Collin Lee av. Wat mer ech stink, es, dat der Collin eintlich MINGE Ersatzfründ es.

Die zwei benemme sich total läppsch. Hügg sin se sugar em Partnerlook gekumme met deselve T-Shirts! Ich hätt kotze künne.

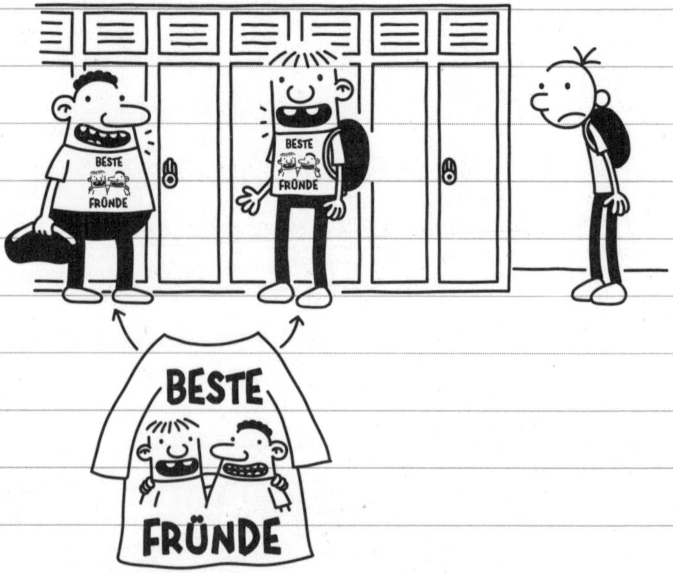

Nohm Ovendesse han ich der Rupert un der Collin der Berg eropgonn sinn un eine op Kumpel maache.

Der Collin hatt en große Täsch bei sich, do woss ich, dat e beim Rupert schlofe wollt.

Un ich daach bei mir, DAT Spillche kann ich och spille. Der beste Wäg, mich am Rupert zo räche, wor, mer ene neue, eige beste Fründ zozoläge. Ävver leider wor der Einzige, dä mer spontan enfeel, der Fregley.

Ich ben dann met minger Üvvernachtungs-Täsch bei der Fregley geschrömp, domet der Rupert sinn kunnt, dat ich och noch ander Fründe han.

Wie ich do aankom, stundt der Fregley em Vürgaade un wor met enem Stock op ene Pattevugel am Ensteche. Do han ich ald Angs kräge, dat dat villeich doch nit de beste Idee wor.

Ävver der Rupert stundt vür dem Huus un hatt mich ald gesinn. Et gov kei Zoröck mih.

Ich han mich bei der Fregley engelade. Sing Mamm saht, wie ärg se sich freue dät, dat der Fregley ene „Spillkamerad" hätt. Dat wor e Wood, wodrüvver ich nit grad begeistert wor.

Ich un der Fregley sin erop en si Zemmer gegange. Der Fregley wollt, dat ich met im „Twister" spille, wobei ich versok han, mindestens drei Meter Avstand vun im zo halde.

Ich han beschlosse, die dämliche Idee direk widder zo begrave un noh Hus zo gonn. Ävver jedes Mol wann ich usem Finster soch, wore der Rupert un der Collin immer noch vürm Rupert singem Huus.

Ich wollt eesch gonn, wann die Pooschte widder erengegange wore. Ävver mem Fregley wor alles zemlich flöck et reinste Aapetheater. Wie ich usem Finster luure, hät e minge Rucksack opgemaht un die ganze Blos Gummibärcher verkimmelt, die dodren wor.

Der Fregley es eine vun dä Pänz, die keine Zucker esse dürfe. Zwei Minutte späder es e de Wäng huh gegange.

Der Fregley dät sich benemme, als hätt e se nit all op der Reih, un dät mich durch de ganze Etage jage.

Ich han gehoff, dat e baal widder vun singem Zuckerrausch eravköm, ävver Dress am Schoh.

Schleeßlich han ich mich em Badezemmer engeschlosse, domet e et Firke avgevve kunnt.

Gäge halver zwölf des Naachs woodt et drusse em Gang stell. Do dät der Fregley ene Zeddel unger der Dür durchdäue.

Ich han en opgehovve un gelese.

Leeve Gregory,
Et deit mir ärg leid, dat ich dich met enem Mömmes om Finger gejag han. Hee, ich dun en op dä Zeddel, dann kanns de mer et widdergevve.

Dat es alles, wodran ich mich entsenne kunnt, ih dat ich en Ohnmaach feel.

E paar Stund späder ben ich widder zo mer gekumme. Wie ich wach woodt, han ich de Dür ene Spald opgemaht un hoot e Schnorkse us dem Fregley singem Zemmer. Ich han beschlosse, ene Usbroch zo wage.

De Mamm un der Papp han sich nit gefreut, wie ich se öm 2 Uhr morgens usem Bedd gehollt han. Ävver en däm Augebleck wor mer dat dressegal.

Mondag

Jo, jetz sin ich un der Rupert zick ungefähr einem Mond Ex-Fründe, un för ihrlich zo sin, geiht et mer ohne en vill besser.

Ich ben fruh, dat ich jetz maache kann, wat ich well, ohne dä ganze Ballass met mer erömzoschleife.

En der letzte Zigg hänge ich noh der Schull off em Zemmer vum Rodrick av un durchsöke sing Saache. Ich han eins vun singe Junior-Highschool-Johrböcher gefunge.

Der Rodrick hät op jedes Bild en singem Johrboch jet geschrevve, su ka' mer sinn, wie hä üvver die Pänz en singer Stuf gedaach hät.

Av un zo sinn ich eine vun dä fröhere Klassekamerade en der Stadt. Ich ben dem Rodrick ech dankbar, de Kirch weed sonndags dodurch vill intressanter.

Ävver de intressanteste Sigg em Johrboch vum Rodrick es die Sigg met de Klassefavoritte.

Dat es die Sigg, wo die Bilder vun dä Schüler zo sinn sin, die als besonders belieb, begab un esu wigger gewählt woode sin.

Och op die Sigg hät der Rodrick sing Kommentare geschrevve.

DIE DE MIESTE CHANCE HAN

Bill Watson Kathy Nigel

Die Saach met dä Klassefavoritte hät mi Geheens an et Rattere gebraht.

Wa' mer op die Sigg met de Klassefavoritte gewählt weed, es mer su god wie unsterblich. Och wa' mer gar nit esu god es, wie mer engeschätz weed, es dat egal, dann dä Rekord bliet iwig.

Der Bill Watson weed immer noch wie jet Besonderes behandelt, och, wann e de Highschool ald lang geschmesse hät.

Mer treffen en immer noch av un zo em Supermaat.

Dröm han ich mer jet üvverlaht: Dis Johr wor irgendwie för de Katz, ävver wann ich zom Klassefavoritt gewählt weede, krige ich villleich noch en gode Not.

Ich han lang drüvver nohgedaach, en wat för ener Kategorie ich jet rieße künnt. Bekannteste oder Sportlichste falle definitiv fott. Ich muss jet finge, dat e bessche realistischer es.

Zoeesch han ich dran gedaach, der Ress vum Johr ganz fing Saache aanzotrecke un weede bess aangetrocke Schüler.

Ävver dann mööt ich mich mem Jenna Stewart knipse looße un dat trick sich aan wie en Beging.

Meddwoch

Gester Ovend log ich em Bedd un hatt en Idee: Ich sollt Klasseclown weede.

Nit dat ich en der Schull als besonders löstig oder su bekannt wör, ävver wann ich direk vür der Wahl en Superhanakerei avtrecke kann, reck dat villleich.

Donnersdag

Hügg wor ich grad drüvver am Simeliere, wie ich dem Mr Worth en der Geschichsstund ene Rießnähl op der Stohl fusche künnt, wie hä jet saht, dat mich noch ens üvver minge Plan nohdenke leet.

Der Mr Worth hät uns gesaht, dat e morge nohm Zahnaaz muss un mer deswäge ene Vertretungslehrer krige. Vertretungslehrer sin Gold wäät för ene Klasseclown. Do kanns su zemlich alles sage, wat de wells, un kriss keine Ärger.

Friedag

Ich ben hügg en et Klassezemmer gegange, entschlosse, minge Plan ömzosetze. Ävver wie ich an de Dür kom, feel mer de Kennlad erav.

Vun sämpliche Vertretungslehrer op der Welt, moot et usgerechent ming Mamm sin. Ich daach, die Zigg, wo de Mamm sich an minger Schull engageet hät, wör vörbei.

Se hoot fröher ens bei die Eldere, die sich freiwellig gemeldt han, för en der Schull metzohelfe. Ävver dat hät sich all geändert, nohdäm de Mamm sich en der drette Klass hatt aangebodde, met uns en der Zolonische zo gonn.

De Mamm hatt alles Mögliche an Material zosammegestellt, domet mir Pänz die verschiedene Diere och verstonn un schätze liere däte, ävver alles, wat jeder bloß sinn wollt, wor, wie die Diere nohm Höffche gonn.

Jedefalls hät de Mamm minge Plan, als Klasseclown groß eruszokumme, total versaut. Ich ben bloß fruh, dat et kein Kategorie för et größte Muttersönnche gitt, dann noh hügg dät ich dat em Rubbedidupp gewenne.

Meddwoch

De Schülerzeidung es hügg widder erusgekumme. Ich han minge Job als Schull-Comiczeichner draangegovve, nohdäm „Döres dat Döppe" erusgekumme wor, un et wor mer dressegal, wä se an minger Stell genomme han.

Ävver jeder wor en der Meddagspaus üvver de Comics am Giefele, dröm han ich mer die Zeidung gehollt, för zo sinn, wat dann esu löstig wor. Ich han se opgeschlage. Ich kunnt minge Auge nit traue.

Et wor ene „Au wih, Mama"-Comic. Un natörlich hatt der Mr Ira kei EINZIG Wood vum Rupert singem Comic geändert.

Jetz kritt alsu der Rupert dä ganze Ruhm, dä eintlich mir zosteiht.

Sugar de Lehrer kruffe dem Rupert en de Fott. Et Esse feel mer baal us der Schnüss, wie der Mr Worth sing Krigg em Geschichsungerrich hät falle looße ...

Mondag

Die „Au wih, Mama"-Saach geiht mer fies op de Nerve. Der Rupert kritt de ganze Lorbeere för ene Comic, dä mer zosamme geknuv han. Hä künnt winnigstens minge Name als Co-Autor drüvverschrieve.

Dröm ben ich noh der Schull bei der Rupert gegange un han im dat gesaht. Ävver der Rupert hät gesaht, dat „Au wih, Mama" nor SING Idee gewäs wör un dat ich nix domet zo dun gehat hätt.

Mer han wall jet laut geschwaadt, dann et hatt sich op eimol en ganze Schwitt öm uns versammelt.

Die Pänz op minger Schull sin immer total scharf drop, en Kamesölerei zo sinn. Ich un der Rupert han versok, uns durch de Kood zo maache, ävver die Pooschte wollte uns nit gonn looße, ih dat se e paar Füüs han fleege sinn.

Ich wor noch nie en en echte Kamesölerei verweckelt, dröm woss ich üvverhaup nit, wie ich stonn oder de Füüs halde soll. Un et wor nit zo verkenne, dat der Rupert och keine blasse Schimmer hatt, dann hä fing op eimol aan, wie et Rumpelstilzche erömzohöppe.

Ich wor mer zemlich secher, dat ich der Rupert en ener Kamesölerei schlage künnt, ävver et maht mich e bessche nervös, dat e Karatestunde nimmp. Kein Ahnung, wat för ene Hokuspokus die dem Rupert beibränge, ävver et Letzte, wat ich jetz bruche kann, es, dat e mich om Schullhoff hinläht.

Ih dat der Rupert oder ich irgendjet maache kunnte, däte om Schullparkplatz plötzlich Reife quietsche. En Hääd Teenager hatte ehre Transporter aangehalde un däte erusspringe.

Ich wor fruh, dat se jetz all op die Teenager am Luure wore un nit mih op mich un der Rupert. Ävver all die ander Pänz sin stifte gegange, wie die Teenager op uns aan kome.

Un dann feel mer op, dat mer die Teenager total bekannt vürkome.

Un do es der Grosche gefalle. Dat wore deselve Fetze, die der Rupert un mich op Halloween verfolg hatte. Jetz hatte se uns endlich enkräge.

Ih dat mer tirre gonn kunnte, hatte se uns ald de Ärme op der Rögge gedriht.

Die Fetze wollte uns en Lektion erdeile, weil mer uns op Halloween üvver se löstig gemaht hatte. Se funge aan, sich drüvver zo öschele, wat met uns passiere sollt.

Ävver för ihrlich zo sin, hatt ich ander Sorge. Dä Stinkkis log e paar Meter vun uns fott om Asphalt un soh widderlicher us wie je.

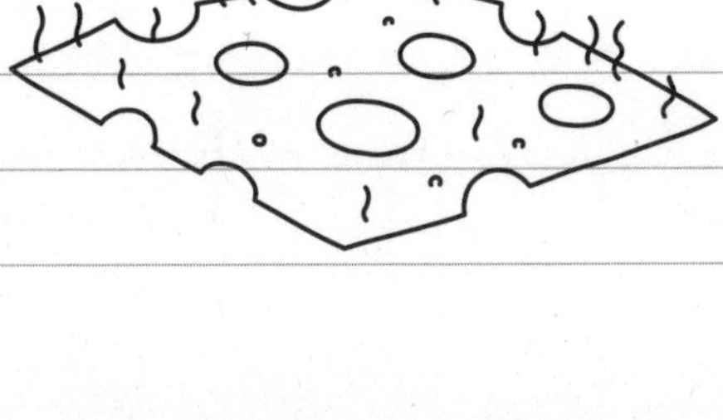

Der Größte vun dä Lällbecke hät wall minge Bleck bemerk, dann em nächste Augebleck wor e och op dä Stinkkis am Luure. Un dat hät en wall op en Idee gebraht.

Der Rupert wor et eesch dran. Dä Labbes hät sich der Rupert geschnapp un noh däm Stinkkis geschleif.

Ich well jetz nit genau usenanderläge, wat donoh passeet es. Dann wann der Rupert jemols Präsident weede well, un einer kritt spetz, wozo se en gebraht han, kann e dat en der Pief rauche.

No jo, ich well et üch ens esu verklöre: Der Rupert moot dä Stinkkis _ _ _ _.

Ich woss, die wollte mich dat och dun looße. Ich kräht en Aap, dann et wor mer klor, ich wör nit em Stand, us dä Nummer eruszokumme.

Dröm han ich einfach drop loss geschwaadt.

Un et hät tatsächlich geflupp!

Die Lällbecke wore schings zofridde, dat se uns en Lektion erdeilt hatte, dann nohdäm se der Rupert gezwunge han, dä Ress vun däm Stinkkis zo esse, han se uns gonn looße. Se sin widder en ehre Transporter un de Stroß erav gefahre.

Ich un der Rupert sin zosamme noh Hus gegange. Ävver keiner saht jet om Heimwäg.

Ich wollt der Rupert froge, woröm e nit e paar vun singe Karate-Kicks usprobeet hät, ävver irgendjet saht mer, et wör besser, eesch ens de Muul zo halde.

Dinsdag

Hügg leeten uns de Lehrer noh der Meddagspaus noh drusse gonn.

Et hät fünf Sekunde gedoot, bes einer gemerk hät, dat dä Stinkkis nit mih om Asphalt klevve dät.

All däte se sich öm die Stell drängele, wo dä Stinkkis gewäse wor. Keiner kunnt et gläuve, dat e tatsächlich fott wor.

De Lück fingen aan, de jeckste Theorie opzostelle do drüvver, wo e hin sin künnt. Irgendeiner saht, villleich hätt dä Stinkkis Bein kräge un hä wör fottgelaufe.

Ich moot mich ööntlich zosammerieße, för de Muul zo halde. Un wann der Rupert nit direk nevve mer gestande hätt, weiß ich nit, ov ich nit de Schnüss opgemaht hätt.

Bei dä Pooschte, die dodrüvver diskuteete, wo dä Stinkkis sin künnt, wore och e paar vun denne, die mich un der Rupert gester aangefeuert hatte. Ich woss dröm, dat et nit lang duure dät, bes irgendeiner zwei un zwei zosammenzälle un begriefe dät, dat mir jet met dä Saach zo dun hatte.

Der Rupert kräht langsam de Begovung un ich kann et im nit verdenke. Wann jemols eruskömm, wie dä Stinkkis fottgekumme es, wör der Rupert am Eng. Hä mööt en en ander Stadt oder sugar e ander Land trecke!

Do han ich beschlosse, de Muul opzomaache.

Ich han denne all gesaht, ich wöss, wat met däm Stinkkis passeet wör, mer wör dat Dinge om Asphalt op der Senkel gegange, un ich hätt einfach beschlosse, et ein för alle Mol quitt zo weede.

För eine Augebleck wore se all wie gelähmp. Ich hatt ald gedaach, se wöre drop un dran, mer dafür zo gratuliere, wat ich gedon hatt, ävver Dress am Schoh.

Ich wünsche mer wirklich, ich hätt dat Kreppche jet anders formuleet. Dann wann ich dä Stinkkis fottgeschmesse hatt, rodt ens, wat dat bedügg. Dat bedügg, ICH hatt jetz dä Kisfinger.

Friedag

Sollt der Rupert mer doför dankbar sin, wat ich för en gedon han, hät e et mer nit gesaht. Ävver mer hänge jetz widder noh der Schull zosamme av, alsu nemme ich aan, dat alles widder beim Aale es.

Und ich muss ech sage, bes jetz es et gar nit esu schlemm, dä Kisfinger zo han.

Jetz muss ich winnigstens nit mih beim Squaredance-Kurs en Sport metmaache, weil nämlich keiner minge Partner sin well. Un ich han beim Meddagesse luuter ene eige Desch för mich allein.

Hügg wor der letzte Schulldag un noh der letzte Stund woodte de Johrböcher verdeilt.

Ich han direk die Sigg met de Klassefavoritte opgeschlage un do dät hee dat Bild op mich waade:

KLASSECLOWN

Rupert Jefferson

Ich kann nor sage, wann einer noch e Johrboch han well, kann e et Minge usem Müllemmer hinge en der Cafeteria angele.

No jo, vun mir us kann der Rupert ruhig Klasseclown sin. Ävver wann e sich jemols deswäge ene Däu andeit, dun ich en dran erennere, dat hä dä Fetz wor, dä dä ____ gegesse hät.

ÜVVER DER AUTOR

Der Jeff Kinney es *New York Times*-Bessselleraautor un hät sechs Mol der Nickelodeon Kids' Choice Award en der Kategorie Lieblingsboch gewonne. Et *Time Magazine* hät en bei de hundert enflossrichste Minsche op der Welt gezallt. Hä es usserdäm Gründer vun Poptropica, die vum *Time Magazine* bei de fuffzig beste Websigge gewählt woodt. Der Jeff Kinney hät sing Kindheit en der Nöh vun Washington D.C. verbraht un es 1995 noh Neuengland getrocke. Met singer Frau un singe zwei Sönn läv hä en Massachusetts, wo se die Bochhandlung *An Unlikely Story* besetze.

DANKSAGUNG

Vun dä ville Minsche, die geholfe han, dat Boch hee zo verwirkliche, verdeene vier besondere Dank:

Minge Redakteur beim Abrams Verlag, der Charlie Kochman, dä sich entgäge däm, wat zo erwaade wor, för *Vun Verdötschte ömzingelt* engesatz hät. Jede Autor künnt sich glöcklich schätze, der Charlie als Redakteur zo han.

Der Jess Brallier, dä de Maach un et Potenzial vum Online-Publishing versteiht un dem Greg Heffley zom eeschte Mol e groß Publikum verschaff hät. Danke, vör allem för ding Fründschaff un dinge Ensatz als Mentor.

Der Patrick, dä mer ärg dobei geholfe hät, dat Boch hee besser zo maache, un sich nie gescheut hät zo sage, wann ene Wetz nix gedaug hät.

Ming Frau Julie, ohne dat se mer unwahrscheinlich geholfe hätt, wör dat Boch hee nie Wirklichkeit gewoode.